Paul Maar / Christian Schidlowsky

F. A. U. S. T.

Furiose **A**benteuer **u**nd **s**onderbare **T**räume

Erarbeitet von Volker Frederking
und Axel Krommer

Schroedel

Texte.Medien

Herausgegeben von
Peter Bekes und Volker Frederking

Druck A 1 / Jahr 2005
Alle Drucke der Serie A sind im Unterricht parallel verwendbar.

Redaktion: Franziska Voigt, Hamburg
Herstellung: Barbara Frankhuizen
Reihentypografie: Iris Farnschläder, Hamburg
Satz und Repro: UMP Utesch Media Processing GmbH, Hamburg
Druck: Clausen & Bosse, Leck
Titelillustration: Christiane Grauert

Das Texte.Medien-Programm zu »F.A.U.S.T.«:

3-507-47013-6 Textausgabe mit Materialien
3-507-47113-2 Arbeitsheft
3-507-47213-9 Informationen für Lehrerinnen und Lehrer

Informationen und Materialien im Internet:
www.schroedel.de/textemedien

ISBN 3-507-47013-6

Inhalt

Besetzung:

2 D, 2 H, ein Musiker

Mephist
➔ Seite 127
Büttel
Ordnungshüter, Polizist
Vitzliputzli, Auerhahn
➔ Seite 127

Schauspielerin 1: *Erzählerin, Mönch, Mephist, Büttel 2*

Schauspielerin 2: *Erzählerin, Großmutter, Margarete, Vitzliputzli*

Schauspieler 1: *Erzähler, Faust*

Schauspieler 2: *Erzähler, Rufus, Auerhahn, Büttel 1*

Musiker (Narr)

Paul Maar/Christian Schidlowsky

F.A.U.S.T. 1999

Furiose Abenteuer und sonderbare Träume

1. AKT

0. Einlass

Vier Schauspieler in mittelalterlichen Kostümen stehen vor den vier Einlasstüren des Zuschauerraums, vermitteln einen Eindruck von der Zeit, in der das Stück spielt: Ein Mönch schwenkt das Weihrauchfass und fordert die Eintretenden zur Buße und zur Umkehr auf, warnt die Sünder vor der Hölle und die Rechtschaffenen vor den Versuchungen des Teufels. Ein altes Kräuterweib lässt an getrockneten Heilkräutern und aromatischen Ölen riechen, verteilt Kräuterpastillen. Ein Bettlerjunge auf Krücken bittet um eine milde Gabe: »Haste mal nen Kreuzer?« Ein eitler, reicher Junker betrachtet sich von allen Seiten im Spiegel, rückt seinen Federhut zurecht, wechselt seine Kopfbedeckungen und fragt die Kinder, ob ihm der Hut oder die Samtkappe besser steht. Dazwischen agiert der Musiker, als Narr gekleidet, spielt mittelalterliche Weisen auf dem Dudelsack oder der Drehleier. Wenn alle Zuschauer auf ihren Plätzen sitzen, gehen die Fünf durch den Zuschauerraum auf die Bühne, Lichtwechsel, das Stück beginnt.

zur Buße und zur Umkehr **zur Reue, zur Besserung**

Kräuterweib **→ Seite 127**

Kreuzer **alte deutsche Münze**

Junker **hier: Sohn eines adeligen Großgrundbesitzers**

Drehleier **Leierkasten**

Moritat Lied mit schauerlichem Inhalt

1. Die Moritat vom Doktor Faust

Doktor Faust, Knittlingen → Seite 83

Alle *(gesungen)* Es kam ein Mann aus dem Schwabenland,
aus Knittlingen, so wird's genannt,
der war in aller Welt bekannt,
das war der Doktor Faust.

Alchimist → Seite 127

War Magier und Zauberer,
auch Alchimist und noch viel mehr,
die Leute kamen von weit her
zum Doktor Johann Faust.

jäh plötzlich

Die Moritat wird jäh unterbrochen. Der Bettler und der Junker werden zu Faust und Rufus, steigen in die Szene ein. Der Bettlerjunge Faust hat ein Bein hochgebunden oder schleift es nach, bewegt sich aber schnell und geschickt mit seiner Krücke.

Rufus He, Faust!

Faust Rufus?

schlitzen abschneiden, einschneiden

Rufus Was machst du auf unserem Hof, Faust? Willst wohl wieder stehlen? Verschwinde, sonst werd ich meinen Vater holen, der wird dir die Ohren schlitzen, du Dieb!

Faust Lasst mich, Junker Rufus! Ich hab nichts gestohlen. Hab nur euren Koch um einen Teller Suppe gebeten.

Rufus Faust, bei uns wird nicht gebettelt!

Alle Bettler, Bettler!

Rufus Verschwinde!

Faust Bin ja schon weg, Junker Rufus.

Rufus Und komm bloß nicht wieder!

Faust *(aus sicherer Entfernung)* Spielt Euch nur auf, Rufus! Nur weil Euer Vater der Stadtvogt ist!

Stadtvogt Verwaltungsbeamter

Rufus Du weißt ja nicht mal, wer dein Vater ist!

Faust Junkersöhnchen!

Rufus, wütend, stürzt ihm nach, dabei:

Rufus Hurenbalg!

Hurenbalg Kind einer Hure, einer Prostituierten

Die beiden gehen ab, die Übrigen fahren mit der Moritat fort:

Alle *(gesungen)*
Die Mutter ledig, hat keinen Mann,
das Kind verhöhnt, und doch wird's dann
der viel gerühmte Wundermann,
der Doktor Johann Faust.

Die Ahne wird als Hexe verschrien,
sie stellt sich taub, sie hört nicht hin,
sie liebt den Enkel, fördert ihn,
und er wird Doktor Faust.

Ahne hier: die Großmutter

Die Moritat wird ein zweites Mal unterbrochen, Rufus hat das Bettlerkind Faust am Kragen, stößt ihn dann weg.

Rufus He, Faust! Hab ich dir nicht gesagt, du sollst dich hier nicht mehr blicken lassen!

Faust Lasst mich!

Läuse, Wanzen Insekten, die Krankheiten übertragen können

Rufus Er stinkt. Stinkt wie des Teufels Großmutter!
Und wie seine eigene. Bestimmt hast du auch Läuse
und Wanzen wie sie!
Johann Faust,
bist verlaust!
Hast Läuse
groß wie Mäuse!

Alle Johann Faust,
bist verlaust.
Hast Läuse
groß wie Mäuse.

Bösmäuler Menschen, die andere beleidigen oder verleumden

Faust Bösmäuler! Dumme Affen!

Empört rennen Rufus und die anderen hinter Faust her. Alle ab, nur der Narr bleibt zurück.

Narr *(gesungen)* Das liegt zurück, schon sehr, sehr weit,
das war schon lang vor unsrer Zeit.
Von dieser Zeit erzähl'n wir heut
und von dem Doktor Faust.

2. Vor der Stadt

Faust fröhlich pfeifend auf dem Weg zur Großmutter. Er geht ganz normal auf zwei gesunden Beinen, die Krücke trägt er unter dem Arm. Rufus ist ihm gefolgt, zieht ihm von hinten die Krücke weg.

Rufus Hab ich's doch gewusst!

Faust Her mit der Krücke!

Rufus *(äfft ihn höhnisch nach)* Her mit der Krücke!

äfft ihn nach **ahmt ihn nach**

Faust Rufus, ich brauch sie.

Rufus Du brauchst sie?

Faust Die Leute geben sonst nichts.

Rufus *Das* brauchst du! *(Stößt mit der Krücke gegen Fausts Brust)* Ein Betrüger bist du, nicht nur ein Dieb! Täuschst ehrbare Leute, du Spitzbube.

Spitzbube **Gauner, Schuft, Schurke**

Faust Gebt mir die Krücke, bitte. Ich muss weiter!

Rufus Bist wohl wieder auf dem Weg zur alten Hexe.

Faust Sprecht nicht so von meiner Großmutter!

Rufus Aha, weißt gleich, wer gemeint ist, wenn man von der Hexe spricht! Weil deine Ahne es mit dem Teufel treibt …

Weil deine Ahne es mit dem Teufel treibt … **→ Seite 127**

Faust Nehmt das zurück!

Rufus Was, wagst du es, frech zu werden? Hebst die Hand gegen einen Junker? Du weißt wohl nicht, wo dein Platz ist?

Faust Junkersöhnchen!

Rufus prügelt mit der Krücke auf Faust ein. Erzählerbruch: Der Schauspieler des Rufus wird Erzähler, desgleichen dann Faust:

Rufus/Erzähler Es kam zum Kampf.

Faust/Erzähler Und Faust hielt erst dagegen.

Rufus/Erzähler Doch nicht sehr lang.
Bald war er unterlegen.

Faust/Erzähler
Obwohl das Bettlerkind halb tot am Boden lag,
versetzte Rufus ihm noch einen letzten Schlag.

Der Schauspieler des Rufus haut auf dieses Stichwort hin mit einem gewaltigen Schlag auf den Boden, Faust bleibt ohnmächtig liegen. Rufus geht mit Fausts Krücke ab, singt dabei noch ein Spottlied:

Metze Prostituierte, Dirne

Rufus Die Mutter ne Metze,
die Ahne eine Hexe,
das Kind voll Dreck und ganz verlaust –
zum Teufel mit der Sippe Faust!

3. Kurzes musikalisches Zwischenspiel

Faust liegt halb bewusstlos und stöhnend am Boden. Der Narr/Musiker nähert sich mitleidig und spielt eine kleine, tröstende Melodie.

4. Kräuterkunde

Die Großmutter tritt auf, sieht Johannes Faust am Boden liegen, missversteht zuerst seine Situation.

Großmutter Mein Bub! Liegt da wie ein fauler Kater und lässt sich die Sonne aufs Fell scheinen!

Faust Großmutter!

Großmutter Johann? Hannes, um Himmelswillen, was haben sie dir denn angetan?

Erzählerbruch: Die Großmutter wird Erzählerin, verarztet aber dabei Faust. Bei seinen Einwürfen bleibt er in der Rolle des verletzten Buben. Durch seine sachkundigen Kommentare beweist er, dass er viel von Großmutters Heilkünsten gelernt hat.

Großmutter/Erzählerin
Und seine Ahne, als sie den Enkel so gefunden,
sie legte Salben auf und pflegte seine Wunden.
Zur Stärkung seiner Lebenskraft
gab sie ihm …

Faust *(sachkundig)* Ringelblumensaft!

Großmutter/Erzählerin
Und strich ihm auf die wunde Haut …

Faust Kamillensud und Wurzelkraut!

Großmutter/Erzählerin
Dann gab sie ihm noch von den Tropfen …

Faust Mistel, Akelei und Hopfen! – Und gib mir noch fünf von den gelben Kügelchen.

Großmutter Fünf? Bist du toll? Sag den Spruch zu den gelben Kügelchen!

Faust Ein Kügelchen hilft dir bei Leibesnot,
fünf Kügelchen, die sind dein Tod.

Großmutter Du weißt es doch! Eins hilft, fünf können dich umbringen.

Faust Ich selber will ja nur eins. Die anderen geb ich dem Rufus, dem Hundsfott!

Großmutter Johann! Du willst wohl ein Mörder sein und am Galgen enden?

Faust Aber alle verspotten und schlagen mich. Und Rufus ist der Schlimmste. Er sagt, du bist eine Hexe.

Großmutter Ach, lass den doch reden.

Faust Und weil ich keinen Vater habe …

Kamillensud gekochter Saft der Kamille
Wurzelkraut hier: Heilpflanze
Mistel, Akelei und Hopfen hier: Heilpflanzen

Leibesnot körperliche Schmerzen

Hundsfott gemeiner Mensch, Schuft

Großmutter Kümmer dich nicht drum. Du bist du, egal, wer dein Vater ist! Halt dich an deinen Namen!

Faust *(guckt verständnislos)* An Johann?

Großmutter Nein, an Faust.

Faust Gut! *(Zeigt seine Faust)*

Großmutter *(unwillig)* Ach! – Faust kommt von Faustus. Das ist Latein. Ein frommer Pilger hat's mir mal gesagt. Faustus heißt »der Glückliche«. Du sollst glücklich werden. Komm, ich lehr dich deinen Namen schreiben, damit du's nie mehr vergisst.

Sie schreibt ihm nun die Buchstaben seines Namens mit dem Finger in die Hand und erklärt ihm dabei die Form der Buchstaben. Er schreibt den Buchstaben jeweils durch große Gesten in die Luft.

Großmutter Erst eine Stange mit zwei Fahnen dran!

Faust Eine Stange mit zwei Fahnen dran …

Großmutter Ein Dach mit einem Balken mittendurch …

Faust Ein Dach mit einem Balken mittendurch …

Großmutter Ein tiefer Brunnen …

Faust Hm.

Großmutter Eine Schlange …

Faust Ssssst.

Großmutter Ein Galgen …

Faust Den mag ich nicht, Großmutter. Den lassen wir weg.

Großmutter Der gehört auch zu deinem Namen, den kannst du nicht weglassen. Jetzt der tiefe Brunnen.

Faust Den hatten wir schon.

Großmutter Ich weiß. Der kommt noch einmal. Und die

Schlange. Hast du dir's gemerkt?

Faust Ja. – Ich kann schreiben!

Großmutter Das sind noch nicht alle Buchstaben, Johann. Mehr kann ich auch nicht. Aber ich wünsche mir sehr, dass du richtig schreiben lernst.

Faust Ja, ich lern schreiben! Dann werde ich einmal mächtiger als Rufus.

Großmutter Wenn du meinst, dass du dann glücklich wirst: meinetwegen. Hier, da kannst du schon mal ein bisschen üben mit dem Mächtigwerden! *(Sie gibt ihm ein Stück Kohle und geht ab.)*

5. Musikalisches Zwischenspiel

Faust beginnt, alle Wände mit den Buchstaben seines Namens zu beschriften, schreibt erst »Faust« oder »Faustus«, bildet dann neue Worte aus diesen Buchstaben: AUS, FUS, FAS, AST; FAST, TAU, SAU, SAFT, SUFF. Der Narr/Musiker schaut interessiert zu, liest vielleicht die Worte laut vor, untermalt die so entstehenden Worte musikalisch.

6. Der Mönch entdeckt ein Talent

Der Mönch (Lehrer der Lateinschule) kommt zufällig vorbei, stutzt, bleibt verblüfft-entsetzt stehen.

Lateinschule → Seite 127

Mönch Ha! Bürschlein! Was machst du da?

Faust Ich schreibe, ehrwürdiger Vater.

ehrwürdiger Vater **gemeint ist der Mönch**

Mönch Ein Bettlerkind, das schreibt? Wer hat dich das gelehrt?

Faust Ich, ehrwürdiger …

Höllenfürst, Gottseibeiuns der Teufel, *Pferdefuß … nach Schwefel gestunken* → Seite 127

Mönch Du selbst? Gewiss hat's dir der Höllenfürst beigebracht, der Gottseibeiuns. Hat einen Pferdefuß gehabt, dein Lehrer, und nach Schwefel hat er gestunken, war's nicht so?

Faust Nein, ehrwür…

Mönch Oh, ich kann prüfen, ob du mit dem Widersacher im Bunde bist!

Faust Wie das, ehr…?

Vaterunser ein sehr bekanntes Gebet aus dem Neuen Testament

Mönch Sag im Angesicht dieses Kreuzes das Vaterunser! Wenn du des Teufels bist, wird er dir schon deine Kehle austrocknen und dir den Atem rauben, dass du die heiligen Worte nicht herausbringst, Bürschlein!

Faust Vater unser, der du bist im Himmel, geheiligt werde dein Name, dein Reich komme, dein Wille geschehe, wie im Himmel, also auch auf Erden. Unser täglich Brot gib uns heute und vergib uns unsere Schuld, wie auch wir vergeben unseren Schuldigern. Und führe uns nicht in Versuchung, sondern erlöse uns von dem Übel. Amen.

Börse Portmonee

Mönch Du kannst es! Wenn es kein Werk des Teufels ist, muss es eines des Himmels sein. *(Er umarmt Faust, der ihm dabei die Börse stiehlt.)* Wie heißt du, Bürschlein?

Faust Johann, ehrwürdiger …

Lieblingsjünger des Herrn der Jünger Johannes

Mönch Wie der Lieblingsjünger des Herrn, der an seiner Seite ruhen durfte! Komm morgen zu mir in die Schule, Johannes. Sollst lesen lernen und die Bibel studieren.

Faust Aber ich hab kein Geld … Wir können's nicht lohnen.

nicht lohnen **nicht bezahlen**

Mönch Gott wird mich lohnen. Du darfst auch ohne Geld kommen.

Faust In die Schule? *(Küsst ihm die Hand)* Dank Euch, ehrwürdiger Vater!

Faust/Erzähler

Zur Schul' darf er – welch unverhofftes Glück!
Faust ist gerührt.

Mönch/Erzähler Allein, es drückt ihn sein Gewissen –
Hat er den Beutel doch dem guten Mann entrissen.

Faust/Erzähler Und reuevoll gibt er den Raub zurück.

Faust betrachtet, vom Mönch abgewandt, die gerade gestohlene Börse in seiner Hand, will sie dem Mönch zurückgeben, zögert kurz, entnimmt der Börse einen Kreuzer, steckt ihn schnell in die Tasche. Ruft dann:

Faust Ihr habt eure Börse verloren, ehrwürdiger Vater!

Mönch *(kommt zurück)* Meine Börse? Hier, nimm das als Lohn für deine Ehrlichkeit!

Der Mönch öffnet die Börse, holt ein Geldstück heraus und reicht es Faust. Faust, in seiner Freude, ruft:

Faust Gestern hab ich den ganzen Tag nichts gekriegt, und heute hab ich schon zwei Kreuzer! *(Er merkt, dass er sich verplappert hat.)*

Mönch Zwei? Zeig her!

Faust zeigt ihm schnell eine der Münzen.

Mönch Das ist *ein* Kreuzer, mein Sohn. Aber das Rechnen wirst du bei mir auch noch lernen.

7. Moritat von der Lateinschule

Das Lateinschulzimmer wird aufgebaut. Dabei singen die Schauspieler die Moritat von der Lateinschule:

Mönch *(sagt an)* Die Schulordnung:
Chor *(gesprochen)* Jeder muss die Regeln kennen,
die wir euch nun hiermit nennen:
Chor *(gesungen)* In der Schule ist's verboten
krumm zu sitzen, rumzugehn,
lachen, reden, seitlich gucken
oder einfach aufzustehn.

Schreibt der Lehrer an die Tafel
Worte, deutsch und in Latein,
hat das Kind sie flugs zu lernen,
müssen ihm geläufig sein.

flugs flink, schnell
geläufig sein bekannt sein

Kann es nicht die Worte sagen,
gibt's wie allgemein bekannt,
sieben Hiebe auf den Rücken
oder Schläge in die Hand.

Hiebe Schläge

Straft der Lehrer einen Schüler,
schickt er ihn zur Ecke hin,

schmückt ihn mit zwei Eselsohren,
und lässt ihn dort niederknien.

Eselsohren → Seite 128

Gibt ein Schüler Widerreden,
wird die Strafe gleich vollstreckt:
Erst bekommt er seine Hiebe,
dann wird er ins Loch gesteckt.

ins Loch gesteckt eingesperrt

Mönch Dieses sind die Regeln.
Alle Amen.
Mönch Nun viel Spaß bis zum Examen!

Examen Prüfung

8. Im Schulzimmer

Lehrer (= Mönch) steht hinter seinem Pult. Als Schüler fungieren Rufus und der Narr, die beide schon ihre Plätze eingenommen haben. Faust steht unschlüssig da.

fungieren hier: darstellen

Mönch Johannes? Setz dich dahin!

Er weist Faust einen Platz zwischen Rufus und dem anderen Schüler (= Narr) an. Rufus und der Narr rücken von Faust ab; Rufus meldet sich.

Mönch Ja?
Rufus Ehrwürdiger Vater, was will dieser Bettler in unserer Schule? Er stinkt!
Faust Das ist, weil …
Mönch Schweig still. Hier redet nur, wer gefragt wird. Rufus, dieses Kind ist begnadet.

Rufus meldet sich wieder.

Mönch Ja?

Rufus Ein begnadeter Dieb ist er, ja. Wie will er die Schule bezahlen? Hat er das Geld gestohlen?

Mönch Die Kirche tut ein gutes Werk an ihm.

Rufus Und woher habt *Ihr* Euer Geld, ehrwürdiger Vater?

Mönch Das … – Johannes, hinaus!

Faust Ich soll wieder gehn?

Mönch Nicht gehen. Du … wasch dich erst mal. Geh zum Brunnen und wasch dir Hände und Füße, dann komm wieder.

Faust geht ab. Nun kann sich der Mönch mit Rufus auseinander setzen.

Mein Vater zahlt diese Schule
Mein Vater zahlt Schulgeld

Rufus Mein Vater zahlt diese Schule. Und er zahlt auch Euch, ehrwürdiger Vater. Meint Ihr, mein Vater hört es gern, dass ich neben einem Dieb sitze? Vergesst nicht, wem Ihr dient.

Mönch Ich vergesse nie, wem ich diene, Junker Rufus. Dem höchsten Herrn diene ich, Gott,

Rufus & Narr dem Allmächtigen. Herrscher im Himmel wie auf Erden.

Mönch Und hat Jesus Christus nicht gesagt: »Was ihr dem Geringsten meiner Brüder tut, das …« Rufus!

Rufus »… habt ihr mir getan.«

Mönch Richtig, Rufus. Und ans Wort des HERRN werdet auch Ihr Euch halten. Oder?

9. Am Brunnen

Margarete, ein Mädchen etwa in Fausts Alter, wäscht Kleider am Brunnen, singt selbstverloren vor sich hin. Faust kommt dazu, erst von ihr unbemerkt. Als sie ihn wahrnimmt, bricht sie verlegen ab, beugt sich über ihre Wäsche.

Margarete *(singt)*
Ach, wie gut's die Knaben haben,
können durch die Wälder ziehn;
müssen nicht, wie wir, die Mägdlein,
täglich hier beim Brunnen knien,
täglich hier beim Brunnen knien.

Ach, wie gut's die Wolken haben,
ziehen übers Himmelszelt,
schaun herab auf Land und Meere,
sehen so die ganze Welt,
sehen so …

Faust beginnt, sich die Hände und Füße zu waschen, stumm neben ihr. Sie schauen verstohlen zueinander hin und wenden sich schnell ab, wenn ihre Blicke sich begegnen. Endlich bricht Faust das Schweigen.

verstohlen **heimlich**

Faust Wie heißt du?

Margarete Margarete. Aber meine Muhme ruft mich Gretchen.

Muhme **Tante**

Faust Gretchen … ein schöner Name.

Margarete Und du?

Faust Johann. Johann Faust. Oder Faustus, Das heißt »der Glückliche«. Das ist Latein.

Margarete Du kannst Latein?

Faust Ja, ich geh auch in die Schule. Da lern ich Schreiben und Lesen und Rechnen. Und Latein.

Margarete In die Schule!

Rufus/Erzähler Als eine Viertelstund vergangen war,

Mönch/Erzähler da hat der Lehrer ärgerlich befohlen dass Rufus schnell zum Brunnen soll,

Mönch/Erzähler den Schüler Faust zurückzuholen.

Faust *(immer noch zu Margarete)* Ja, und ich werd einmal reich

Margarete und berühmt?

Faust Ja. Und glücklich …

Rufus *(drückt Fausts Kopf in den Brunnen, unters Wasser)* Na, wie schmeckt dir das, du Tagedieb?

Tagedieb **Faulenzer, Nichtstuer**

Faust kommt schnaubend und spuckend, nach Luft japsend wieder hoch, wird von Rufus gleich wieder unter Wasser gedrückt.

Margarete Was macht Ihr da?

Rufus Ich ertränke seine Läuse. *(Er zieht Faust an den Haaren wieder hoch, schubst ihn weg, Richtung Schule.)*

Margarete/Erzählerin

Und Margarete konnt vor Wut nichts sagen,
Sie ging auf Rufus los, hob schon die Hand –

Rufus/Erzähler
doch weil sie selbst im Dienst des Stadtvogts stand,
wagt sie es nicht, den jungen Herrn zu schlagen!
Faust/Erzähler Faust bändigt seine Wut. Er geht zurück,
er setzt sich wieder, folgt dem Unterricht,
und hört begierig, was sein Lehrer spricht.

10. Schläge im Schulzimmer

Mönch Gehen wir zum Alphabet. Der erste Buchstabe. *(Schreibt ihn auf)* Heißt?

Narr A.

Mönch Gut. Und sieht aus wie … Rufus?

Rufus schreckt hoch. Faust flüstert ihm schnell etwas zu.

Rufus Wie ein Arsch.

Mönch Eine unverschämte Antwort! Dafür gebührt ihm …

Narr … die Narrenkappe! *(Er setzt Rufus die Narrenkappe auf.)*

Narrenkappe lächerlich aussehender Hut

Rufus I-Ah, I-Ah, I-Ah!

Mönch Johannes?

Faust Das A sieht aus wie ein Dach mit einem Querbalken.

Mönch Sehr gut. Der zweite Buchstabe heißt …?

Narr B.

Mönch Gut. Und das B sieht aus wie? *(Schreibt es)*

Mönch Johannes?

Faust Es sieht aus wie ein Busen … wie zwei dicke Brüste. Wenn man sie von oben betrachtet, meine ich …

Mönch Jo-hannes!!!

Faust *(nimmt Rufus die Narrenkappe ab und setzt sie sich schuldbewusst selbst auf)* I-Ah, I-Ah, I-Ah.

Rufus Steht nicht auf die Benutzung unzüchtiger Wörter sechs Schläge in die Hand, ehrwürdiger Vater?

Mönch Johannes, streck deine Hände aus! 1-2-3-4-5-und …

Er schlägt Faust mit dem Stock. Beim fünften Schlag hält es Faust nicht mehr aus, er rennt weinend aus dem Klassenzimmer, die Narrenkappe noch auf dem Kopf.

11. Im Haus der Großmutter

Faust/Erzähler

Faust rannte zur Ahne voll Verzweiflung
kam ganz außer Atem bei ihr an,
erzählte der Ahne voller Empörung,
was ihm der Lehrer dort angetan.

Großmutter Wenn du vom Pferd fällst, musst du auf der Stelle wieder aufsteigen.

Faust Sonst traust du dich das Reiten nie wieder.

Großmutter Und jetzt gehst du zurück zur Schule, ja?

Faust *(entschieden)* Nein!

Großmutter Nur wenn du etwas lernst, kommst du mal weg von hier.

Faust Nein!

Großmutter Schau, Bub, ich schenk dir was. Das wird dich behüten und dir Glück bringen.

Amulett Anhänger, der Glück bringen soll

Unter geheimnisvollen Zeichen hängt sie ihm ein Amulett um.

12. Hexe

Büttel/Erzähler
Die Ahne von Faust, sie wusste genau,
dass sie als kräuterkundige Frau,

Faust/Erzähler
bei vielen als Hexe verschrien war.
Sie wusste, sie lebte in steter Gefahr.

Großmutter/Erzählerin
Und wurde doch vom Schreck übermannt,
als der Büttel des Stadtvogts im Zimmer stand.

Büttel Seid Ihr Gertrude Faust, genannt die Trude aus dem Heideloch?

Großmutter Matthias, was redest du so amtlich? Kennst mich doch.

Büttel Gertrude Faust, es liegt eine schwerwiegende Anklage gegen Euch vor, will sagen: Trude, man hat dich als Hexe angeklagt.

Großmutter Wer hat mich angeklagt?

Büttel Gertrude Faust, habt Ihr geholfen, das Kind von der Esther auf die Welt zu bringen?

Großmutter Natürlich. Bin doch die Hebamme hier. Hab auch dir zur Welt geholfen, Matthias.

Büttel Die Mutter sagt, du hast das Kind verhext.

Großmutter Ich?

Büttel Nun ist's gestorben und du bist schuld. Will sagen … Esther, komm mit dem Kind!

Esther tritt scheu ein, den toten Säugling im Arm, eingewickelt in Tücher.

Großmutter Das Kind ist zu früh gekommen. Es hatte keine Kraft zum Leben.

Esther Hexe!

Büttel Das wird geprüft, komm mit –

Esther Hexe!

Faust *(springt auf)* Meine Großmutter ist keine Hexe!

Büttel Der Stadtvogt wird's gerichtlich untersuchen.

Faust Matthias, wenn die Großmutter eine Hexe wär, könnt sie dann das Vaterunser beten, ohne dass der Teufel ihr das Maul verschließt und ihr den Atem raubt?

Büttel Wohl nicht.

Faust Dann soll sie's tun als Beweis!

Büttel Hm. Habt ihr ein Kreuz im Haus?

Großmutter Freilich. *(Reicht ihm das Kreuz)*

Büttel Im Angesicht des Kreuzes soll sie nun das Vaterunser sprechen!

Großmutter Vater unser, der du bist im Himmel, geheiligt werde dein Name, dein Reich komme, dein Wille geschehe, wie im Himmel, also auch auf Erden. Unser täglich Brot gib uns heute und vergib uns unsere Schuld, wie auch wir vergeben unseren Schuldigern. Und führe uns nicht in Versuchung, sondern erlöse uns von dem Übel. So nimm denn, Gott, die arme kleine Seele zu dir und schenk ihr die ewige Ruhe. Amen.

Büttel Der Beweis gilt. Will sagen: Das Kind ist nicht verhext, nun kann's der Pfaff begraben.

Pfaff Geistlicher

Großmutter *(zu Esther)* Es war einfach zu schwach. *(Liest ihr aus der Hand)* Du wirst ein anderes Kind haben, Esther. Da nimm, das ist Johanniskraut, es hilft gegen Seelenschmerz!

Johanniskraut Heilpflanze

Esther umarmt weinend die Großmutter, geht dann schnell ab. Der Büttel hinter ihr her, dreht sich noch einmal um:

Büttel Und Ihr nehmt euch in Acht. Will sagen: Trude, pass auf dich auf. Wird viel geredet in Knittlingen! *(Auch ab)*

Großmutter Dank dir, Hannes! Aber jetzt gehst du zurück in die Schule, damit du weiterlernst. Dann kannst du mich beschützen, wenn sie mich wieder holen wollen.

Faust Das versprech ich dir, Großmutter. Ich versprech's.

13. Moritat: Fausts schulische Laufbahn

Alle außer Faust singen die Moritat. Während der einzelnen Strophen stellt Faust in einem stummen Bild die einzelnen Stationen dar: Man sieht ihn lernen / seine Hosen sind im zweiten Bild länger geworden, er wandert als Student mit einem Ranzen auf dem Rücken nach Krakau / ist schließlich in der dritten Strophe in Heidelberg von vielen Büchern umgeben, vergleicht Textstellen, studiert eifrig.

Krakau **Stadt in Polen**

Chor *(gesungen)* Und Faust kehrt in die Schul' zurück,
lernt lesen, schreiben; Stück für Stück
baut er an seinem Traum vom Glück.
Doch Knittlingen wird ihm zu klein:
Das kann nicht alles sein!

Faust will weiter, will viel mehr,
die Welt der Bücher lockt ihn sehr,
er macht sich auf, nun wandert er
nach Krakau, und der junge Mann
fängt dort ein Studium an.

In Heidelberg sehn wir ihn nun,
er schafft des Nachts, wenn andre ruhn,
studiert am Tag, hat viel zu tun
und meldet sich, weil er was kann,
schon bald zur Prüfung an.

14 a. Aula der Universität Heidelberg

Dekan Vorsteher einer Universität
Professoren Lehrer an einer Universität

Faust vor der Prüfungskommission: der Dekan und zwei Professoren. Ihre unterschiedliche universitäre Stellung ist erkenntlich daran, dass sie verschieden hoch sitzen und verschieden hohe Doktorhüte tragen. Der Dekan stellt gerade die letzte, entscheidende Frage.

Astrologia ➔ Seite 128
Gesetzt den … ➔ Seite 128

Dekan Nun meine allerletzte Frage, betreffend die Königin der Wissenschaften, die

Alle Astrologia:

Dekan Gesetzt den Casus, dass Mercurius im vierten Domicilium residieret und Luna mit Sagittarius im siebenten Domicilium copulieret, wo kann der Herr Studiosus dann füglich den …

Alle Professoren … Solis ortus praegnostizieren?

Faust Ganz gleich, ob Mercurius in Domicilio quarto, quinto oder sexto residieret, Luna mit Sagittarius oder Aquarius copulieret, ja selbst Virgo mit Capricornus, der Solis ortus wird stets in oriens zu finden sein und füglich nie in occidens.

Allgemeiner Beifall ob dieser genialen Antwort.

Dekan Damit gelten die Examina …

Professor 2 … in Medizin,

Professor 1 … Juristerei

Dekan … und Astrologie als bestanden und der Studiosus darf sich künftig

Alle Professoren »Doktor Faustus« nennen.

Juristerei Rechtslehre, Gesetzeskunde

Faust bekommt den Doktorhut feierlich aufgesetzt. Gerade als er sich stolz nach allen Seiten verneigt, wird die Runde jäh durch den Auftritt des Rufus unterbrochen, der hereingestürzt kommt.

14 b. Anklage des Rufus

Rufus Verzeiht, ehrwürdige Professores und Eure Spektabilität meinen raschen Auftritt und die ungebührliche Störung.

Dekan Wer ist jener?

Professor 1 *(erklärt dem Dekan)* Rufus, Studiosus der Rhetorik im 13. Semester …

Dekan Was will der Studiosus?

Rufus Nur eine Frage stellen, wenn Eure Spektabilität erlauben.

Dekan So sprecht.

Spektabilität offizielle Anrede für den Dekan

Studiosus Student an einer Hochschule

Rhetorik Wissenschaft von der Redekunst

Semester Studienhalbjahr

Rufus Kann es der Universität Heidelberg zur Ehre gereichen, den Sohn einer Hure zum Doktor zu machen?

Dekan Was sagt der Doktor Faust dazu?

Faust Nicht die Herkunft eines Menschen sei wichtig, lehrt schon Augustinus, sondern dessen Wissen und Bildung. Und sagte uns nicht der Evangelist Lukas, im 6. Kapitel, Vers 44: »Ein jeglicher Baum wird allein nach den Früchten beurteilt, die er trägt«?

Rufus Aber seine Ahne ist angeklagt als Hexe!

Faust Gilt nicht immer noch das Gesetz, dass die Anklage allein nicht reicht, um einen Menschen schuldig zu sprechen?

Rufus Sie ist nicht nur angeklagt! Hier, hohe Herren, lest selbst! *(Er überreicht eine Urkunde mit Siegel und Wappen.)*

Siegel und Wappen Amtszeichen

Professor 2 Das Siegel

Professor 1 von Knittlingens Hochgericht,

Dekan das Gertrude Faust schuldig spricht. Verurteilt zum Tode als Hexengeschmeiß … Nun hilft ihm kein Leugnen.

Hexengeschmeiß ekelhafte Hexe

Alle Professoren Das ist der Beweis!

Dekan Wir danken Euch, Rufus, für diese Kunde. Gewiss steht auch Faust …

Kunde Nachricht

Alle Professoren *(ergänzen)* … mit dem Teufel im Bunde!

Dekan Ihr seid ein jämmerlicher Wicht – *(nimmt Faust den Doktorhut ab)*

Professor 1 Die Doktorwürde gebührt Euch nicht!

jämmerlicher Wicht armer kleiner Junge

Sie gehen ab, Faust keines Blickes würdigend.

14 c. Brennholz

Faust und Rufus allein in der nun leeren Aula.

Faust Meine Ahne verurteilt. Ich muss auf der Stelle nach Knittlingen. *(Zu Rufus)* Habe ich doch Juristerei zur Genüge studiert.

Rufus Du kannst dir Zeit lassen.

Faust Zeit?

Rufus »Doktor« Faust.

Faust Was wollt Ihr damit sagen?

Rufus Vor sieben Tagen wurde die Alte angeklagt, vor drei Tagen, am Fest des Heiligen Florian, haben wir ihre Seele dem HERRN zurückgegeben.

Faust Nein …

Rufus Verbrannt haben wir sie, auf dem Scheiterhaufen.

Faust Nein!

Rufus Mein Vater war so großzügig, das Brennholz zu stiften. Hier, das hab ich dir mitgebracht! Zur Erinnerung. *(Er wirft Faust den Gürtel der Großmutter – an dem noch all die kleinen Beutel und Flaschenkürbisse baumeln – vor die Füße, geht ab, singt höhnisch das alte Spottlied dabei:)*
Die Mutter ne Metze,
die Ahne eine Hexe,
vor der's einem graust.
Zum Teufel mit der Sippe Faust!

Faust Ich bring' dich um, Rufus.

Erzählerin Faust wusste nicht, wie ihm geschah, war wie betäubt, stand reglos da.

Heiliger Florian Schutzheiliger für Wasser- und Feuergefahren

… ihre Seele dem HERRN zurückgegeben … sie hingerichtet

Flaschenkürbisse ausgehöhlte Kürbisse als Gefäße

Erzählerin Er konnt es immer noch nicht fassen
und rannte ziellos durch die Gassen.

Erzähler Erst spät am Abend kam er dann
erschöpft in seiner Stube an.

2. AKT

Teil A

1. Fausts Studierzimmer

Faust in seinem Studierzimmer. Verzweifelt.

Faust Ich habe nun, ach, studiert und studiert, die ganzen Jahre. Was nützt mir all mein Wissen, wenn die hohen Herren eine alte Frau ohne jeden Grund hinrichten dürfen! Ich hätte dich retten können, wenn ich dort gewesen wäre. Warum? Meine Bücher haben mich abgehalten. Meine geliebten Bücher. Meine gehassten Bücher!

In einem Anfall von Wut reißt er die Bücher aus dem Regal, sinkt dann in Verzweiflung und Erschöpfung ohnmächtig zu Boden. Projektion: Ein Feuer lodert hoch auf, beherrscht schließlich die ganze Rückwand. Der Traum beginnt.

Projektion **Film auf der Rückwand der Bühne**

2. Beschwörung

Lichtwechsel. Faust erhebt sich, erst wie in Trance, dann zunehmend realistischer.

Faust Vielleicht ist's nicht zu spät. Man sagt, durch schwarze Magie kann man die Geister der Unterwelt

Trance **schlafähnlicher Dämmerzustand**
schwarze Magie **gefährliche und böse Zauberei**
Unterwelt **Reich der Toten**

bis dato bis heute

dazu bringen, Tote wieder lebendig zu machen. Man sagt auch, es sei gefährlich. Sei's drum. Her mit dem geheimen Buch, das ich bis dato nie aufzuschlagen wagte!

Faust schlägt das Buch auf, liest laut die »Gebrauchsanweisung«.

Drudenfuß Zauberzeichen in Form eines fünfzackigen Sterns

Perlicke – Perlacke → Seite 128

Faust »Zeichne einen Kreis auf den Boden,
(er zeichnet mit weißer Kreide einen Kreis)
füge in diesen Kreis ein den Drudenfuß
(er zeichnet einen Drudenfuß)
und stelle dich inmitten des Kreises.
Sprichst du nun das Wort ›Perlicke‹,
so erscheint dir ein dienstbarer Geist,
sprichst du ›Perlacke‹,
muss er von dir weichen.«

3. Die Teufel kommen

Faust Perlicke! *(Vitzliputzli erscheint. Faust erschrocken)* Wer bist du?!

Vitzliputzli Vitzliputzli mein Name, Untergeist der Unterwelt.

Faust Kannst du mir meine Großmutter wiederbringen?

Vitzliputzli Zu Diensten, Euer Gnaden.

Faust Wie schnell?

Vitzliputzli In fünf Tagen könnt Ihr sie sehen. In vier Tagen! In drei!

Faust In drei Tagen?

Vitzliputzli Ich bin schnell wie ein galoppierendes Pferd.

Faust Zu langsam. Schick mir einen schnelleren Geist! – Perlacke!

(Vitzliputzli verschwindet.)

Perlicke!

(Auerhahn erscheint.)

Faust Wer bist du?

Auerhahn Auerhahn mein Name. Stets zu Diensten, der Herr. Mittlerer Geist dort unten. Und, da Ihr mich bestimmt gleich danach fragen werdet: Ich bin schnell wie ein Pfeil!

Faust Auch das ist mir zu langsam. Geh, und schick mir deinen höchsten Herrn!

Auerhahn Ihr meint gewiss den *tiefsten* Herrn dort unten.

Faust Hoch oder tief, ich erwarte ihn! – Perlacke!

(Auerhahn verschwindet.)

Perlicke!

(Mephist erscheint.)

Mephist Ihr habt mich gerufen?

Faust Zuerst sage mir, wie heißt …

Mephist … heiße Mephist.

Faust Mephist … Und wie schnell …

Mephist Schnell wie der Gedanke des Menschen.

Faust Das ist wahrlich schnell. Mephist, bring mir meine Großmutter ins Leben zurück!

Mephist Faust, wisst, es gibt Gesetze, die weder die Hölle noch der Himmel brechen darf. Was tot ist, muss tot bleiben. Aber seht: Ich werde Euch die Ahne zeigen. Doch hütet Euch: Berührt sie nicht!

4. Die Erscheinung der Großmutter

Mephist macht eine hinweisende Geste: Die Großmutter erscheint als Vision, stumm, hinter einer durchscheinenden Wand, lächelt Faust zu.

als Vision
als Trugbild

Faust Großmutter! Großmutter, verzeih mir, dass ich dich nicht beschützt habe! Du hast mir damals gesagt, ich sei Faustus, der Glückliche, aber ich bin unglücklich. Was soll ich tun? Sprich doch zu mir!

Er geht auf die Vision zu. Bevor er sie umarmen kann, verschwindet das Bild.

Faust Großmutter!

Faust in völliger Verzweiflung.

5. Des Teufels Angebot

Mephist Was höre ich: Unglücklich seid Ihr und wollt doch glücklich werden? Faust, ich kann Euch glücklich machen bis ans Ende Eurer Tage.
Faust Wie denn?
Mephist So Ihr hier mit einem kleinen Tropfen Eures Blutes unterschreibt!

Auerhahn beißt Faust in den Finger.

Faust Was soll das?

Mephist Ein Pakt: Ich werde Euch dienen, solange Ihr auf Erden weilt und alles tun, bis Ihr glücklich seid.

Pakt Vertrag, Bündnis

Faust Und was ist der Preis?

Mephist Der Preis? Nun, wenn Ihr *nicht* mehr auf Erden weilt, werdet Ihr *mir* dienen.

Faust Also willst du meine Seele.

Mephist, Vitzliputzli & Auerhahn Ja!

Faust Was kümmert's mich, was nach meinem Tod geschieht. In diesem Leben will ich glücklich werden.

Faust unterschreibt mit einem Tropfen Blut. Vitzliputzli, Auerhahn und Mephist beginnen für und mit Faust zu tanzen.

6. Berufung nach Parma

Parma Stadt in Italien

Mephist Nun steh ich dir zu Diensten.

Faust Doch merke: Der Vertrag ist erst erfüllt, wenn du mich wirklich glücklich machst.

Mephist Was ist dein erster Wunsch? Willst du wieder Doktor sein?

Faust In Amt und Würden!

Mephist Es sei!

Vitzliputzli und Auerhahn als Professoren setzen Faust feierlich den Doktorhut auf.

Vitzliputzli Hochwürden!

Hochwürden Anrede für einen angesehenen Menschen

Auerhahn Herr Doktor Faust!

Faust Jetzt hab ich meinen Titel!

Mephist Nun fehlt nur noch das Amt dazu.

Bote Seid Ihr der Doktor Johann Faust?

Faust Der bin ich, wer seid Ihr?

Bote Ein Bote bin ich des Herzogs von Parma in Italien.

Was ist Euer Begehr? Was wollt ihr?

Faust Und was ist Euer Begehr?

Bote Mein Herr, der Herzog, bittet Euch, nach Italien zu kommen und ihn in einem schwierigen Rechtsstreit zu beraten.

Faust Sagt Eurem Herrn, ich werde in drei Wochen bei ihm sein!

7. Ritt auf dem Zauberpferd

Mephist Warum erst in drei Wochen, warum nicht in drei Tagen?

Faust Kein Mensch vermag das.

Mephist Ein Mensch vermag das freilich nicht. Komm, steig auf mein Zauberpferd!

Vitzliputzli und Auerhahn werden zu Pferden, ein wilder Ritt über Stock und Stein. Sie kommen in Parma an, sind direkt im Thronsaal des Herzogs.

8. Am Hofe des Herzogs von Parma

Bote *(Trompetensignal)* Der Herzog von Parma!

Der Herzog tritt auf. Faust beugt das Knie. Der Herzog wird dargestellt durch eine übergroße Handpuppe, die von Mephist geführt und gesprochen wird.

Herzog Ah, der Doktor Faust ist da. Jetzt erläutert noch einmal euren Streitfall!

Zwei Ritter in glänzender Rüstung treten ein, einander finster beguckend.

Bruder 1 Als unser Vater starb,

Bruder 2 bestimmte er in seinem Testament,

Beide Brüder dass alles zwischen uns zwei Brüdern redlich geteilt würde.

redlich **gerecht, ehrlich**

Bruder 1 Was wir bei unsren Burgen,

Bruder 2 beim Grundbesitz

Bruder 1 und bei dem Geld

Beide Brüder auch ohne große Mühe

Bruder 1 durchzuführen wussten.

Herzog Was gibt's dann noch zu streiten?

Beide Brüder *(unisono)* Die Hunde sind's, die Hunde. Edle Jagdhunde, an die wir beide unser Herz gehängt haben.

unisono **hier: wie aus einem Munde**

Herzog Und warum teilt ihr nicht auch die?

Beide Brüder Weil's dreizehn sind. Sollen wir ein Tier denn auseinander schneiden?

Herzog Ich soll Recht sprechen in einem Fall, der nicht zu lösen ist!

Faust Wollt Ihr meinen Rat hören?

Herzog So schnell ein Urteil schon? Sprecht!

Faust Der erste Bruder bekommt sechs Hunde, der zweite ebenfalls.

Bruder 2: Dies Urteil ist nicht schwierig.

Bruder 1 Was ist mit dem Hund,

Beide Brüder der übrig bleibt?

Der gebührt Der gehört

Faust *(mit einer Verbeugung zum Herzog hin)* Der gebührt dem Herzog von Parma. Zum Dank, dass er Gericht hier hielt.

Herzog Ein weises Urteil.

Die beiden Brüder ab.

fortan ab jetzt, von nun an

Herzog Faust, Ihr sollt fortan mein Freund und mein Berater sein.

9 a. Faust will mehr Macht

Kurzes musikalisches Zwischenspiel. Faust ist nun Berater und Vertrauter des Herzogs, unterschreibt zunehmend lustlos irgendwelche Dokumente.

Mephist Na, bist du glücklich mit dem Amt, das du nun innehast?

Faust Es ist viel Kleinkram, Streit unter Bauern, den's zu schlichten gilt: ein zerbrochener Krug, ein krankes Huhn. Hab ich dafür so lang Medizin und Juristerei studiert?

zerbrochener Krug Anspielung auf ein Drama von Heinrich von Kleist

Mephist Du willst mehr Macht als hier am kleinen Herzogtum?

Faust Woher weißt du das?

Mephist Es sei!

9 b. Berufung an des Königs Hof

Kaum hat Faust ausgeredet, erscheint der Bote des Königs.

Bote Doktor Johann Faust, ich fordere Euch dringend auf, vor dem König von Frankreich zu erscheinen.

Faust Vorm König?

Bote Vorm König, ja. Euer Ruhm als kluger Jurist und Doktor ist bis nach Frankreich gedrungen. Beeilt Euch!

Faust Sagt ihm, ich werde in drei Tagen bei ihm sein!

10. Flug mit dem Zaubermantel

Faust *(zu Mephist)* Schnell, schnell die Zauberpferde.

Mephist Da weiß ich Besseres! In drei Stunden sind wir dort.

Faust Bist du toll?

Mephist Wir werden fliegen. Komm unter meinen Zaubermantel! *(Sie fliegen.)*

Bote *(zum Theaterpublikum)* Verbleibende Flugzeit bis Frankreich: noch zwanzig Minuten! Alle Edelleute werden gebeten, zur Pause den Thronsaal zu verlassen.

PAUSE

2. AKT

Teil B: Der Alptraum

1 a. Privataudienz beim König

Privataudienz persönlicher Empfang
Zeremonienmeister Diener, der Gäste ankündigt
Fanfaren Trompetensignale

Zeremonienmeister des Teufels *(Fanfaren)* Der König von Frankreich!

Der König wird durch eine Puppe dargestellt. Er liegt krank im Bett, als Faust eintritt.

Faust Majestät haben mich rufen lassen?
König Ihr seid also der berühmte Doktor Faust?
Faust Zu dienen, Majestät.
König Faust, kommt näher. Hier haben die Wände Ohren. Ich brauche Euren Rat.
Faust Sprecht, Majestät.
König Ich bin alt und krank, sehr krank. Bald schon wird der Tod mich holen.
Faust Was sprecht Ihr nur vom Tod! Darf ich Euch den Puls fühlen? – Ihr habt das Fieber, das ist leicht zu heilen.
König Meint ihr?
Faust *(zu sich)* »Ein Kügelchen hilft dir bei Leibesnot, fünf Kügelchen, die sind dein Tod.« *(Wieder zum König)* Ich gebe Euch von diesen gelben Kügelchen. Nehmt jeden Morgen *eines* vor dem Frühstück. Am fünften Tag seid Ihr gesund.

an meiner Tafel an meinem Tisch

König Faust, nehmt an meiner Tafel Platz.

1 b. Der König stirbt

Mephist Majestät?
König Wer ist das?
Faust Mein Diener. Und mein Freund.
Mephist Wenn auch ich einen Rat geben darf …
König Sprich.
Mephist Weshalb denn fünf Tage warten, bis Ihr gesund seid? Nehmt alle fünf Kügelchen auf einmal –
Faust Majestä–

Vitzliputzli und Auerhahn bringen Faust zum Schweigen. Die nun folgende Szene muss er wie gelähmt beobachten, er kann plötzlich nichts mehr tun.

Mephist Alle fünf auf einmal, dann seid Ihr schon heut … gesund.
König Ein guter Ratschlag. Ich will's gleich tun!

Der König tut's und stirbt auf der Stelle.

1 c. Des Königs Begräbnis

Vitzliputzli Der König …
Auerhahn … ist tot!
Faust Ma-jes-tät!

Faust will in Zeitlupenpanik davonrennen, doch er wird von Mephist aufgehalten und muss das Begräbnis miterleben. Vitzliputzli und Auerhahn tragen in einer

Zeitlupenpanik **mit langsamen Bewegungen dargestellte Angst**

grotesken übertriebenen, absonderlichen

musikalisch-grotesken, stummen Szene den König zu Grabe, öffnen eine Klappe im Bühnenbild, schieben die Puppe hinein, schließen die Klappe.

2. Faust ist wütend

Auerhahn Der König ist tot.
Vitzliputzli Es lebe der König.
Mephist König Johann der Erste!
Faust Du Mörder!!
Mephist Majestät?
Faust Warum hast du den alten König umgebracht? So kannst du mich nicht glücklich machen!
Mephist Du wolltest mehr Macht als damals im kleinen Herzogtum. Nun hast du sie.
(Er schnippt mit dem Finger, die Krönungszeremonie beginnt mit einer Fanfare des Zeremonienmeisters.)
Hoch lebe der König!
Alle König Johann der Erste!

Zeremonie Ablauf der Feierlichkeit

3. Die Krönung

Stumme Szene mit Musikbegleitung. Der neue König wird inthronisiert. Faust bekommt den überdimensionalen Hermelinmantel umgehängt, groß wie ein Mannschaftszelt. Mephist als Kardinal überreicht ihm die Krone und das Reichsschwert. Jubel der Massen und der Musik.

inthronisieren einen neuen König einsetzen
überdimensionalen hier: viel zu großen
Hermelinmantel weißer Pelzmantel

4. Staatsgeschäfte

Gesandte aus aller Herren Länder tragen dem König ihre Forderungen lautstark vor.

Gesandte **hohe Beamte im auswärtigen Dienst**

Höfling 1 Majestät, der russische Gesandte wünscht empfangen zu werden.

Faust Lasst ihn eintreten.

Höfling 2 Majestät, der spanische Gesandte wartet schon viel länger.

Faust Dann soll dieser zuerst eintreten.

Gesandter Majestät, welche Ehre, von Euch empfangen zu werden.

Faust Ihr seid also der spanische Gesandte?

Gesandter Nein, ich bin der von Portugal!

Faust Aber … Ich dachte …

Minister Majestät müssen endlich die Steuern für Brot, Butter und Salz erhöhen, die Staatskasse ist leer!

Faust Leer? Gut, so erhöht die Steuern.

Höfling 1 Majestät, der russische Gesandte hat im Zorn das Schloss verlassen.

Faust Eil ihm nach! Bittet um Entschuldigung!

Finanzminister Majestät, das Volk murrt und stöhnt unter der Steuerlast, Ihr müsst die Steuern senken!

Faust Senken? Aber ich dachte …

Höfling 1 Majestät, die Kutsche des bayerischen Gesandten steht im absoluten Halteverbot!

Faust Stör mich nicht, ich hab jetzt keine Zeit!

Minister Majestät! Ein feindliches Heer sammelt sich an unserer Grenze: Wir müssen zu den Waffen rufen!

Bischof Und ich sage euch: Wer zum Schwert greift, kommt durch das Schwert um!
Minister Majestät! Das feindliche Heer ist soeben wieder abgezogen.
Höfling 2 Majestät, der Hofkoch ist vom Pferd gefallen
Höfling 1 und hat sich beide Arme gebrochen!
Höflinge 1 & 2 & Bischof Majestät, wer soll denn nun die Nachspeise zubereiten?

Danach reden alle in wildem Durcheinander auf Faust ein.

Faust Schluss! Ihr seid entlassen. Alle!

5. Faust will den Pakt aufkündigen

Faust kriecht unter seinem Königsmantel hervor und niemand ist mehr da. Faust allein.

Faust He da!! He? He da? He da!!

Keiner antwortet bis auf Mephist.

melancholisch schwermütig, trübsinnig

Mephist Weshalb so melancholisch? Faust, habe ich dir nicht alle Wünsche erfüllt?
Faust Wo ist das Glück, das du mir versprochen hast? Ich hab genug.

Er seufzt. Aus der Ferne ertönt die Melodie des Liedes, das Margarete damals am Brunnen gesungen hatte.

Mephist Genug wovon?

Faust Von unsrem Pakt.

Mephist *(erregt-erschrocken)* Der … der Pakt ist mit Blut besiegelt!

Faust *(unterbricht ihn)* Still! Hör doch! *(Zu Mephist)* Verschwinde!

6. Margarete

Plötzlich hört Faust, erst noch im Off, wieder das Lied der Margarete. Faust erhebt sich, schaut in die Richtung, aus der der Gesang ertönt. Von dort erscheint Margarete wie damals am Brunnen. Sie geht am vorderen Bühnenrand vorbei, ohne von Faust Notiz zu nehmen.

im Off **hör-, aber nicht sichtbar**

Margarete
Ach, wie gut's die Wolken haben
Ziehen über's Himmelszelt
Schaun herab auf Land und Meere
Sehen so die ganze Welt …

Himmelszelt **dichterischer Ausdruck für Himmel**

Faust Mein schönes Fräulein, darf ich wagen, meinen Arm und Geleit ihr anzutragen?
(Obwohl Faust mit diesem Text dreimal probiert, Margarete zu erreichen – einmal schüchtern, einmal angeberisch, einmal seine Macht als König ausnutzend – hört sie ihn nicht.)
Margarete. Margarete!!

Sie geht vorbei und weiter ihres Weges. Faust will ihr nacheilen, da stellt sich ihm Mephist in den Weg.

7. Der Teufel bringt Rufus ins Spiel

Mephist Faust! Du willst doch nicht zurück nach Knittlingen, wo man deine Ahne gefoltert und getötet hat, wo Mörder regieren wie *Rufus*?

Faust Rufus! Bekäm ich den in meine Gewalt! Gnade ihm Gott!

8. Die Rache

Sofort verwandelt sich Mephist wieder ganz in den dienstbaren Geist, mit Verbeugung:

Mephist Majestät, da ist ein Herr Rufus. Er bittet um Audienz.

Faust Er soll eintreten.

Rufus tritt ein. Er kriecht so sehr vor Faust als König, dass er diesen nicht erkennt.

Rufus Ihro Majestät untertänigster Diener. Ich komme, Majestät, mich um ein Amt zu bewerben.

Faust Ein Amt?

Rufus Das Amt des Hexenjägers, ja. Die Macht des Teufels nimmt überhand in der Welt, immer mehr Weiber sind ihm verfallen und betreiben Hexenwerk, schicken Hagelschlag und böse Krankheiten.

Hexenwerk gefährliche Zauberei

Faust *(sich mühsam zurückhaltend)* Habt Ihr denn Erfahrung in diesem Gewerbe?

Rufus *(eifrig und voller Stolz)* Oh ja. In Knittlingen, da hab ich eine Alte angeklagt und vors Gericht gebracht. Sie wollte erst nicht gestehn, es mit dem Teufel getrieben zu haben. Aber die glühenden Eisen, die spitzen Zangen und die scharfen Messer haben ihr den Atem geraubt – beim Vaterunser.

glühenden Eisen … **Folterwerkzeuge**

Faust Und dann?

Rufus Dann hat sie auf dem Scheiterhaufen, statt zu Gott zu beten, nach ihrem Enkel geschrien, einem Dieb, der sich in Heidelberg den Doktortitel erschleichen wollte.

Faust *(wendet sich um)* Rufus!

Rufus Du … Ihr, Majestät, seid … Faust?!

Faust Und lauter noch als meine Ahne schrie, wirst du jetzt schreien! Du sollst büßen, was du mir angetan als Kind, sollst büßen für die Schande, die du mir vor den Professoren bereitet hast, und sollst hundertfach büßen, dass du meine Ahne ermorden ließest! Sterben sollst du!

Rufus Gnade!

Faust Du Mörder!!!

Faust schlägt Rufus den Kopf ab, das Schwert entgleitet seiner Hand, verschwindet in Zeitlupe in der seitlichen Wand, surreal. Faust bricht ohnmächtig zusammen. Filmeinspielung: Ein Feuer lodert erst hoch auf und brennt schnell nieder, kurze Dunkelheit, Rufus, die Teufel sind verschwunden. Faust liegt nun in der gleichen Haltung da wie zu Beginn des Traums, das Licht wechselt zur gleichen Stimmung zurück wie in der Studierstube zu Beginn des Traums.

surreal **unwirklich**

3. AKT

Versuchung und Bewährung

1. Faust erwacht

Faust, noch stammelnd, schreckt aus seinem Alptraum hoch.

Faust Rufus? Mein Schwert? Wo ist meine Krone? Was, was war mit mir? Bin immer noch in Heidelberg … die Prüfung, ja … Für einen Moment war ich Doktor –
Rufus! Bekäm ich den in meine Gewalt … Sterben soll er, der Mörder meiner Ahne! Nicht nur im Traum – auf nach Knittlingen!

Faust steht in der Tür seiner Studierstube, der Rupfenvorhang geht hoch. Während er seine Studierstube verlässt, kommt ein Mönch des Weges.

2. Faust begegnet seinem alten Lehrer

Mönch Eine milde Gabe, eine fromme Gabe!
Faust Ehrwürdiger Vater?
Mönch Die Stimme, die Stimme kenn ich doch …
Faust Ich bin's, der Faust –
Mönch Johannes! Aus Knittlingen. Du warst mein bester Schüler … Wo willst du hin?

Faust Ich bin auf dem Weg nach Knittlingen, ich – ich habe dort noch was zu tun … Aber Ihr? Was macht Ihr hier fernab der Heimat?

Mönch Ich bin auf Pilgerfahrt. Meine Sünden zu büßen und Gott zu ehren. Vielleicht wird Er mir helfen, denn seit einiger Zeit plagt mich mein altes, altes …

Pilgerfahrt **Reise an einen heiligen Ort**

Faust … Kreuz. Ihr seid verrenkt. Und – mit Verlaub, ehrwürdiger Vater – Ihr lest zu viel die Bibel, bei schlechtem Licht.

Mönch Bei allen Heiligen! Seid Ihr Hellseher?

Faust Für Euer Augenlicht nehmt diese Tropfen hier. Und jetzt streckt einmal die Arme aus.

Mönch Au! Bist du des Teufels? Ha, was ist das? Ich kann wieder aufrecht gehen – Johannes, du bist wahrlich begnadet!

Faust Dank Euch, ehrwürdiger Vater.

Mönch Der Faust macht Lahme gehend und Blinde sehend! Nicht nur Gott soll dich dafür lohnen. *(Er greift in seinen Geldbeutel.)*

Faust Nein, nein! Ehrwürdiger Vater, ich schulde Euch noch Geld.

Mönch Das kann nicht sein: ich verleihe nie.

Faust Das Geld lieh ich mir indirekt. Hier, ein Kreuzer. Und nun gehabt Euch wohl auf Eurer Pilgerreise.

Mönch Ich werde für dich beten. Und – schlag dir die Rache an Rufus aus dem Kopf, Johannes.

Faust Was! Woher wisst Ihr? Kein Mensch –

Mönch Der Hass steht dir ins Gesicht geschrieben.

Faust Er hat meine Ahne auf den Scheiterhaufen gebracht.

Mönch Ich weiß, ich weiß. Aber du kennst ihre letzten Worte nicht.

Faust Ihr wart dabei?

Mönch Ich habe sie auf ihrem schweren Weg begleitet.

Faust Was hat sie gesagt? Sprecht doch!

Mönch Dass du als studierter Mann ihr Kräuterwissen nicht vergessen sollst. Und dass Faustus …

Faust … der »Glückliche« heißt.

Mönch Es ist ein großes Glück, wenn man Menschen helfen und sie heilen kann. Nutz dein Talent, mein Junge, und ehre so deine Ahne. Sie war keine Hexe, sie war eine wahrhaft weise Frau …

Der Mönch geht leise seines Weges. Faust bleibt allein zurück.

3. Faust weiß nicht weiter

Laffen eitle, oberflächliche Männer

Faust Ach Großmutter, was soll ich nur tun? Du hast mehr von der Heilkunst verstanden als all die gelehrten Laffen! Ich hab so viel von dir gelernt … Ja, viel Wissen hab ich auch aus meinen Büchern. Beides …
Beides will ich nutzen!

Die anderen Schauspieler als Erzähler:

Schauspielerin 1
Und Johann Faust entschließt sich kühn,
als freier Arzt durchs Land zu ziehn.

Schauspielerin 2 Er stellt sich vor, wie er für Geld

Schauspieler 2 die Kranken heilt in aller Welt!

4. Wander-Doktor-Moritat

Melodie wie zu »Fausts schulische Laufbahn« im 1. Akt. Nach und nach singen alle außer Faust. Faust baut währenddessen aus seiner Studierstube heraus einen Karren auf, mit dem er in die Welt zieht. Wenn er überfallen wird, ertönt ein Schlag auf die Trommel, Faust stürzt zu Boden.

Narr

Mit einem Karren zieht er fort,
zieht mühsam ihn von Ort zu Ort,
versucht sein Glück mal hier, mal dort,
verdient nicht viel, ist unbekannt.
So zieht er durch das ganze Land.

Narr und Schauspieler 2

Erst spät am Abend macht er Halt,
er schläft im Heu, auch mal im Wald,
sein Bett ist hart, die Nacht ist kalt.
So zieht er rastlos durch das Land,
wird mehr und mehr bekannt.

Alle

Nun traut man Faust, man kennt ihn nun
und er kriegt mehr und mehr zu tun,
kommt nicht dazu, sich auszuruhn.
Doch kaum hat er sich reich geglaubt,
wird er schon ausgeraubt.

5. Freies Feld in der Nähe von Knittlingen

Margarete kommt an Fausts Wagen vorbei und studiert sein Aushängeschild: »Doktor Faust, Heilungen aller Art«.

Margarete Ihr seid Doktor?

Faust *(angeberisch, fast wie damals als Junge am Brunnen)* Ja. Doktor Faust, Medikus, Heiler und Astrologe. Und: Ich kann sogar in die Zukunft sehen.

Medikus Arzt

Margarete Und ich in die Vergangenheit: Ihr wart Bettler und Dieb in Knittlingen und durftet dennoch in die Schule gehen …

Faust Du bist … Ihr seid Margarete? Gretchen?

Margarete Ja, das bin ich. Und Ihr wollt also Doktor sein? Hat man Euch den Titel nicht aberkannt?

Faust Den Titel schon, doch nicht mein Wissen. Und ohne Doktortitel kommt kein Kranker.

Margarete Und kein Geld. – Seid Ihr denn nun glücklich geworden und berühmt?

Faust Oh ja, ich komme weit umher. Sehr weit. Ich habe in Weltstädten praktiziert wie Bamberg, Würzburg und Nürnberg.

Margarete Nürnberg?

Faust Vergangenen Monat war ich sogar in Fürth.

Margarete Oh! *(Von dieser schönen Stadt hat sie schon viel vernommen.)*

Faust Und Ihr? Wie geht es Euch?

Margarete Nun ja … steh immer noch im Dienste des Stadtvogts – der Junker Rufus ist es jetzt.

Faust Stadtvogt Rufus!

Margarete Krank ist er, schimpft und zetert den ganzen Tag, wird immer unerträglicher.

Faust Vielleicht kann ich Euch helfen.

Margarete Wie das?

Faust Bin doch Doktor, vielleicht kann ich ihn heilen und er lässt sein Schimpfen.

Margarete Gut! Dann kommt mit.

Faust Aber sagt ihm lieber nicht, wer ich bin.

Margarete/Erzählerin
Und Margarete führte ihn
direkt zum Haus des Rufus hin.

Mit Musikbegleitung entsteht das Zimmer des Stadtvogts. Wenn der Umbau abgeschlossen ist:

Faust/Erzähler
Doch Faust erinnert sich voll Leid
ans Grauen der Vergangenheit …

6. Krankenzimmer des Rufus

Rufus liegt im Bett. Margarete tritt ein, kündigt den fremden Doktor an.

Rufus Die Decke!

Margarete Herr Rufus, draußen steht ein fahrender Medikus.

Rufus Noch einer von diesen Quacksalbern.

Quacksalbern **»Ärzte« ohne Ausbildung**

Margarete Darf er Euch untersuchen und Eure Krankheit behandeln?

Rufus Frag nicht so dumm, herein mit ihm.

Margarete *(holt Faust herein)* Herr Doktor?!

Rufus Was steht Ihr da und glotzt! Tretet näher.

Faust Ich muss nicht näher treten, Eure Krankheit erkenn ich von hier.

Margarete *(zu Rufus)* Es heißt, er sei ein berühmter Wanderdoktor!

Trampel ungeschickter Mensch

Rufus Halt das Maul, du Trampel!

Faust Schwer erkrankt seid Ihr wohl nicht …

Scharlatane Schwindler

Rufus So macht mich gesund! Doch passt auf, Scharlatane und Hexen …

Margarete Herr Rufus – *(Eine Ohrfeige unterbricht sie.)*

Rufus … pflegen wir hier zu verbrennen.

Arznei Medikament

Faust Nehmt fünf – fünf! von diesen gelben Kügelchen. Diese Arznei ist sehr wirksam und wird Euch Frieden schaffen. Eins – zwei – drei – vier und fünf.

Während Faust die Medizin in Rufus' Hand zählt, wird ihm jede Kugel schwerer und schwerer. Das Teufels-Motiv aus dem Traum erklingt. Als Rufus alle fünf Kügelchen schlucken will, fasst sich Faust unwillkürlich an das Medaillon seiner Großmutter.

Faust Halt!

Rufus Was denn noch?

Faust Schluckt Ihr fünf mit einem Mal, so müsst Ihr auf der Stelle sterben.

Rufus Gift?!!

Dosierung Mengenabmessung

Faust Es kommt auf die Dosierung an.

Rufus Ihr hättet mich beinahe alle schlucken lassen!

Faust Und hab's doch nicht getan. Dem Himmel sei

Dank. Nehmt jeden Morgen eines, lasst das Saufen und die Völlerei, so seid Ihr bald gesund. Auf Nimmerwiedersehn, so hoff ich doch.

Völlerei maßloses Essen

Faust steht – mit Blick auf Margarete – noch einen Moment unschlüssig da.

Rufus Jetzt erkenn ich Euch, Ihr seid – du bist – der Faust! Ein Dieb, der als Kind schon die Leute mit falschen Krücken betrogen hat. Du Hurenbalg! Wache!

Der Büttel versperrt die Tür. Faust ist gefangen.

Faust Was, was soll das?
Rufus Bin ich in einer Woche nicht geheilt, so lass ich dich als Betrüger in den Kerker werfen.
Faust Du wirst gesund!
Rufus Doch wenn ich durch dieses Hexenkraut gesunde, dann stehst du mit dem Teufel im Bund …
Faust Mit dem Teufel?
Rufus Wie deine Ahne. Und dann wirst auch du auf dem Scheiterhaufen brennen.
Margarete Teufel!
Rufus Du fährst zur Hölle, Faust, ob ich gesunde oder nicht!
Faust Dann soll aus deiner Falle der Herr der Finsternis mich befreien: Satanus, erscheine!

Satanus Teufel

Faust lässt seine Hand vorschnellen und eine Stichflamme schießt hoch auf. Schreiend rennt der Büttel davon. Rufus erstarrt vor Schreck.

Faust Krümmst du mir auch nur ein Haar, werd ich dir sieben mal sieben Teufel schicken, die dir Ohren und Nase abbeißen und dich in tausend Stücke zerreißen!

7. Margarete geht mit Faust

Margarete Das war ein guter Zaubertrick, den Ihr dem Herrn Rufus vorgegaukelt habt …

vorgegaukelt vorgespielt
Gran altes Gewicht (60–70 mg)

Faust Ein Gran Schießpulver, Baumwolle und ein Feuerstein. Ihr habt's durchschaut? Werdet Ihr mich verraten?

Margarete Warum denn? Ihr solltet Euch nicht Wander-, sondern Wunderdoktor nennen!

Faust Wunderdoktor! Wahrscheinlich heißt es bald: »Der Faust hat seine Seele an den Teufel verkauft!«

Margarete Das werden die Leute noch in tausend Jahren sagen – und die Dichter schreiben.

Faust Meint Ihr?

Margarete Ist doch eine gute Geschichte. Und Ihr werdet wirklich berühmt!

Beide lachen. Schweigen.

Margarete Und nun?

Faust Wer weiß … Jedenfalls … Wo Menschen wie Rufus herrschen, ist kein Platz für mich.

Margarete Für mich auch nicht.

Faust Wollt Ihr damit sagen …

Margarete Welche »Weltstadt« werden wir denn als Nächstes beehren, Herr Doktor Faustus?

Faust Leipzig?

Margarete Speyer?

Faust Krakau!

Margarete Paris!

Faust Rom!

Beide Venedig!

Margarete Die Straßen dort sollen aus Wasser bestehen. Glaubst du das?

Faust Wir werden's ja sehen!

Während sie aufbrechen und ihren Karren in die Welt ziehen, hat sich der Narr unbemerkt hintendrauf geschwungen und beginnt von dort zu singen:

8. Schluss-Moritat

Narr

Und Stadtvogt Rufus wird gesund
ein jeder tut das Wunder kund,
die Kunde geht von Mund zu Mund:

Schauspieler 1 und 2

»Der Doktor Faust im Teufelsbund
macht Kranke schnell gesund!«

Drei Schauspieler

Als Doktor pflegt und heilt er gut
mit Bücherwissen, Kräutersud,
er gibt den Kranken neuen Mut.

Vier Schauspieler

Doch immer wieder flüstert man:
»Er steht im Teufelsbann!«

Er steht im Teufelsbann **Er befindet sich in der Gewalt des Teufels**

Alle

Das liegt zurück schon weit, so weit,
versunken ist's im Fluss der Zeit.
Davon erzählten wir euch heut.

Narr

Vom Doktor Johann Faust,

Drei Schauspieler

vom Doktor Johann Faust,

Alle

vom Doktor Johann Faust!

ENDE

Materialien

M

Biografie

Paul Maar ist nicht nur einer der bekanntesten und erfolgreichsten Kinderbuchautoren im deutschsprachigen Raum, sondern auch der meistgespielte lebende deutsche Theaterautor. Paul Maar wurde 1937 in Schweinfurt geboren und wuchs in Theres (Unterfranken) auf.

Schon als Schüler schrieb und zeichnete Paul Maar, z. B. für die Schülerzeitung. Nach dem Abitur studierte er in Stuttgart Malerei und Kunstgeschichte und nach dem Staatsexamen arbeitete er als Bühnenbildner, Theaterfotograf und als Gymnasiallehrer für das Fach Bildende Kunst. Bereits während seiner Tätigkeit als Lehrer schrieb Paul Maar Hörspiele und Funkerzählungen für Erwachsene. Nach einigen Jahren verließ er die Schule und machte das Schreiben zu seinem Hauptberuf. Da Paul Maar zu Hause für seine eigenen drei Kinder häufig Geschichten erfand, begann er auch als Autor, Bücher und Theaterstücke für Kinder und Jugendliche zu schreiben, die er häufig selbst bebilderte. Zudem entwirft er fortan Bühnenbilder, zeichnet Bildergeschichten für Zeitschriften,

Staatsexamen **Studienabschluss, z. B. für angehende Lehrer**

verfasst Drehbücher für Kindersendungen, reist im Auftrag des Goethe-Instituts in Sachen Kinderliteratur um die Welt u. v. m. Gemeinsam mit seiner Frau Nele übersetzt Paul Maar außerdem englische Kinderbücher. Seine eigenen Werke sind in mehr als 20 Sprachen (u. a. Chinesisch, Russisch und Finnisch) übertragen und mehrfach ausgezeichnet worden. Zwei seiner Bücher (»Lippels Traum« und »Das Sams«) sind inzwischen auch verfilmt worden.

Eine Auswahl aus Paul Maars Büchern:

Der tätowierte Hund (1968)
Eine Woche voller Samstage (1973)
Onkel Florians fliegender Flohmarkt (1977)
Am Samstag kam das Sams zurück (1980)
Anne will ein Zwilling werden (1982)
Lippels Traum (1984)
Die Opodeldoks (1985)
Der Tag an dem Tante Marga verschwand und andere Geschichten (1986)
Türme (1987)
Kartoffelkäferzeiten (1990)
Das kleine Känguru und seine Freunde (1991)
Neue Punkte für das Sams (1992)
Tina und Timmi kennen sich nicht (1995)
Ein Sams für Martin Taschenbier (1996)
Der gelbe Pulli (1996)
Der Buchstabenfresser (1996)
Die Maus, die hat Geburtstag heut (1997)
Tina und Timmi machen einen Ausflug (1997)
Matti, Momme und die Zauberbohnen (1997)
Das kleine Känguru und der Angsthase (1997)

Das kleine Känguru in Gefahr (1998)
Das kleine Känguru auf Abenteuer (1999)
Die Eisenbahn-Oma (1999)
In einem tiefen, dunklen Wald (1999)
Robert und Trebor (2000)
Das kleine Känguru lernt fliegen (2001)
Das Sams wird Filmstar (2001)
Tierische Freundschaften (2001)
Jacob und der große Junge (2001)
Sams in Gefahr (2002)
Die Kuh Gloria (2002)
Andere Kinder wohnen auch bei ihren Eltern (2002)
Die vergessene Tür (2002)
Friedlich schlafen kleine Drachen (2003)
Große Schwester, fremder Bruder (2004)
Das Tier-ABC (2004)
Wer ist der Größte? (2004)
Herr Bello und das blaue Wunder (2005)

Thomas Rex

Ein Interview mit Paul Maar ________ 1998

Die folgenden Fragen stammen aus einem Interview mit Paul Maar, das der Bildungskanal des Bayerischen Rundfunks (BR alpha) am 16.02.1998 sendete. Die Fragen stellte der Moderator Thomas Rex.

Thomas Rex: Paul Maar, Sie sind der Vater dieses rüsselnasigen Kinderhelden mit den blauen Wunschpunkten. Erfunden haben Sie das Sams vor 25 Jahren [...]. Das Sams, das hat Sie ja zum Auflagenmillionär gemacht. Ist das für einen Autoren manchmal etwas problematisch, immer mit dem Sams in Verbindung gebracht zu werden [...]?

Paul Maar: Ein bisschen schon, ja. Ich gebrauche manchmal das Beispiel, dass ein Vater, der viele Kinder hat und immer nur auf ein Kind angesprochen wird, ein bisschen gekränkt ist ob seiner anderen Kinder und sich sagt: Sind die nichts wert? Und ein klein wenig geht es mir so: Wo ich auch hinkomme und sage: »Ich bin Paul Maar« – ob das nun bei einer Lesung ist oder in einer Schule, heißt es: »Ach, der mit dem Sams.« Und ich denke, na gut, es ist ja schön, dass man durch ein Buch so populär wird und so viel Erfolg hat. Aber was ist mit den dreißig anderen, sind die nichts wert?

Thomas Rex: Welches von diesen – es sind sogar fast vierzig – Büchern ist das wichtigste für Sie?

Paul Maar: Ich würde zwei nennen. Auf dem Gebiet des Kinderbuches ist es »Lippels Traum«: Die Geschichte von einem Jungen, der eigentlich Philipp heißt, aber mit Spitznamen Lippel genannt wird – eine Geschichte zwischen Realität und Traum. Auf dem Gebiet des Jugendbuchs, das aber auch für die älteren Hörer und Leser geeignet ist, denke ich an das Buch »Kartoffelkäferzeiten«. […]

Thomas Rex: […] Wie kann man Kindergeschichten so erfinden, dass die Kinder auch wirklich etwas davon haben?

Paul Maar: […] Ich kann es nicht erklären, wie es kommt, dass ich, wenn ich z. B. eine witzige Szene beschreibe, eine Szene, die ich witzig oder spaßig finde, da wohl genau eine Ader treffe, einen Witz, den auch Kinder verstehen oder gut finden, denn der Witz der Erwachsenen und der Witz der Kinder ist ganz unterschiedlich. Ich denke mir, man muss, wenn man für Kinder schreibt, irgendwie eine tiefe Wurzel haben, die bis in die Kindheit hinabreicht: Man darf seine Kindheit, wie das Kästner einmal so schön gesagt hat, nicht irgendwann ablegen wie einen alten Hut und damit vergessen. Wenn man eine tiefe Erinnerung an das Kindsein hat und noch genau hervorrufen kann, wie man sich damals gefühlt hat: dann, glaube ich, kann man aus dieser Stimmung heraus auch für die heutigen Kinder schreiben – auch wenn Kindheit heute anders ist als in den vierziger Jahren.

Kästner **Erich Kästner, bekannter deutscher Autor (1899–1974)**

Christian Schidlowsky wird am 1.8.1965 geboren. Er wächst am Niederrhein auf und gründet 1978 in Voerde seine erste Theatergruppe, die er bis 1984 auch leitet. Im selben Jahr beginnt sein Studium der Theaterwissenschaften, Pädagogik und Neueren Deutschen Literaturgeschichte an der Friedrich-Alexander-Universität in Erlangen-Nürnberg. Parallel dazu nimmt Schidlowsky Schauspielunterricht, unter anderem bei Michael Rademacher vom Schauspielhaus Nürnberg. 1984/85 hospitiert er in der Regie am Landestheater Burghofbühne Dinslaken, wo er ein Jahr später auch als Regieassistent arbeitet. Sein Studium schließt Schidlowsky 1993 mit dem Magister Artium erfolgreich ab.

1986 gründet Christian Schidlowsky das Kinder- und Jugendtheater »Pfütze« in Nürnberg, führt seitdem dort Regie und schreibt Theaterstücke. 1991 wird er künstlerischer Leiter des Theater »Pfütze«. 1996 erhält das Theater »Pfütze« den Sonderpreis des deutschen Kulturpreises. 1997 erreicht Schidlowsky die Eröffnung eines eigenen Theaterhauses für das Theater »Pfütze« in Nürnberg. Seit 2000 ist Christian Schidlowsky freiberuflich tätig. Er leitet Regie- und Schauspielseminare im gesamten deutschsprachigen Raum, hält Vorträge und arbeitet als Autor und Gastregisseur im In- und Ausland. Er ist verheiratet und hat zwei Kinder.

M

Thomas Rex

Ein Interview mit Christian Schidlowsky —— 1998

Eine Woche, nachdem Thomas Rex Paul Maar interviewt hatte, konnte er den Regisseur Christian Schidlowsky in seinem Studio begrüßen. Am 23.02.1998 war das Gespräch, aus dem die folgenden Fragen entnommen sind, ebenfalls auf »BR alpha« zu sehen.

Theaterpädagoge **jemand, der mit den Möglichkeiten des Theaters erzieherisch arbeitet**

Thomas Rex: Diesmal ist bei uns zu Gast Christian Schidlowsky – Theatermacher aus Nürnberg. Theatermacher, Regisseur, Schauspieler, Theaterpädagoge – jede Menge Berufe haben Sie schon ausgeübt. Vor allen Dingen haben Sie aber vor 13 Jahren das Kindertheater »Pfütze« gegründet. […] Woher kommt denn diese Begeisterung für das Theater?

Christian Schidlowsky: Wenn ich das wüsste! Also, mein Vater ist Bergmann und meine Mutter ist gelernte Herrenschneiderin – ich habe also familiär keinen besonderen Bezug zum Theater. Aber ich habe immer wahnsinnig gerne Theater gespielt. Es gibt eine ganz kleine Geschichte, da war ich noch in der Grundschule. Wir haben ein Stück inszeniert – die Lehrerin mit uns Kindern. Ich durfte das Kasperle spielen, mit bunten tollen Glöckchen und allem Drum und Dran. Das Kostüm hat meine Mutter genäht. Ich habe das Kostüm also in die Schule mitgenommen und irgendwie wusste ich damals schon – ein Schauspieler braucht immer »gut Spucke«. Deswegen habe ich mir eine Flasche Mineralwasser in die Plastiktüte getan, die ist natürlich ausgelaufen und das Kostüm wurde dann klatschnass. Das war für mich eine absolute Katastrophe, ich wusste ja genau, dass ich so nicht auftreten konnte, so klatschnass. Aber wenn ich nicht auftreten würde, wäre das Stück ja geschmissen gewesen. Also habe ich mich heulenden Auges in diese nassen Klamotten gezwängt und bin lachend aufgetreten. Das Publikum, die Eltern, die Kinder kugelten sich über so einen nassen Kasper und das ist, so glaube ich, das zentrale Ereignis meiner Kindheit gewesen – das hat mir so eine Lust gemacht, dran zu bleiben. [...]

Thomas Rex: [...] Was ist denn wichtig, wenn Sie für Kinder inszenieren, dass die Lacher an der richtigen Stelle kommen? Oder wie muss man für Kinder spielen, was muss man da spielen? [...]

Christian Schidlowsky: Das ist wirklich eine spannende Frage. Zum einen frage ich mich selbst, wenn ich ins Theater gehe, was ich denn erleben will. Ich will lachen, ich will im Theater lachen, am besten bis ich am Boden liege. Und gleichzeitig will ich aber auch berührt werden, ich will etwas mit nach Hause nehmen, das in meiner Erinnerung bleibt: Wenn ich an dieses Theatererlebnis denke, dann löst es etwas in mir aus und im allerbesten Falle hilft es mir sogar, mit meinem Leben anders umzugehen. Und ich denke, das ist ein Bedürfnis, das im Grunde alle Menschen haben, wenn sie ins Theater gehen. Manche haben es mehr, manche weniger und am unverkrampftesten sind Kinder, wenn sie ins Theater gehen.

[...] Deswegen passiert es uns ganz oft, dass Erwachsene z. B. sagen: »Ach, es war ja ganz toll, aber es war irgendwie ganz anders als Theater normalerweise. Ver-

berührt werden **etwas fühlen**

M

stehen denn das die Kinder?« Klar, die verstehen es viel eher.

Thomas Rex: […] Sind die Kinder ein so anderes Publikum?

Christian Schidlowsky: Ja, das sind sie. Kinder sind auf der einen Seite sehr viel ehrlicher. Wenn es ihnen nicht gefällt, dann schreien sie halt: »Mama, ich muss jetzt aufs Klo«. Und wenn es ihnen gefällt, dann sitzen sie mit großen Augen drin und es kann sie nichts aus der Ruhe bringen.

Thomas Rex: Es gibt so ein paar Vorurteile: Kinder könnten nicht lange zuhören, sich nicht länger als zehn Minuten konzentrieren. Das ist aber in der »Pfütze« anders, das habe ich selbst erlebt.

Christian Schidlowsky: Ja, es gibt Menschen, die behaupten, Kinder haben eine maximal 20 Minuten lange Konzentrationsphase und das stimmt sogar – nämlich die gelangweilten Kinder. Wenn es gelingt, Kinder spannend und gut zu packen, dann können die über eine Stunde, eineinhalb Stunden sitzen – das haben wir alles schon gehabt.

Arbeitsanregungen

1. Als Kind konnte Paul Maar nicht verstehen, wie die Erwachsenen es aushalten, ihr ganzes Leben lang ein und denselben Beruf auszuüben. Er stellte es sich unendlich langweilig vor, Jahr für Jahr das Gleiche zu tun und nahm sich vor, alle sieben Jahre den Beruf zu wechseln, wenn er erwachsen wäre. Kannst du dir erklären, wieso Paul Maar trotzdem seit knapp 40 Jahren denselben Beruf hat und als Autor arbeitet?

2. Führt in eurer Klasse eine kleine Umfrage durch und findet heraus, wer welche Bücher von Paul Maar gelesen hat. Sprecht über eure Leseerfahrungen und gebt euch Lesetipps.

3. In dem Interview mit Paul Maar (S. 67 f.) stellt der Moderator die Frage, wie man Geschichten für Kinder und Jugendliche so erfinden kann, dass die jungen Leser auch wirklich etwas davon haben. Wie hättest du selbst auf diese Frage geantwortet? Wie müssen Geschichten sein, damit du Lust hast, sie zu lesen? Sammelt in eurer Klasse die Antworten und untersucht z. B., ob Jungen und Mädchen dieselben Geschichten mögen.

4. In dem Interview mit Christian Schidlowsky (S. 70–72) geht es auch um die Frage, was man eigentlich erleben will, wenn man ins Theater geht. Lies noch einmal nach, was Christian Schidlowsky zu diesem Punkt sagt und schreibe anschließend auf, was du selbst erleben möchtest, wenn du eine Theateraufführung besuchst.

Entstehung

Paul Maar

Zur Entstehung des F.A.U.S.T. 1999

Das Theater »Pfütze« in Nürnberg ist eines der renommiertesten und kreativsten Kindertheater in Süddeutschland. Ich hatte in enger Zusammenarbeit mit dem Regisseur Christian Schidlowsky und dem Ensemble schon zwei meiner Theaterstücke dort zur Uraufführung gebracht: »Papa wohnt jetzt in der Heinrichstraße« und »Lippels Traum«. Deshalb sagte ich spontan zu, als der Intendant des Theaters der Stadt Fürth mir im Frühjahr 1998 den Vorschlag machte, ich solle zusammen mit »Pfütze« ein Jugendstück für sein Haus entwickeln, das im Juni 1999 zur Uraufführung kommen könne. Einzige (und gleichzeitig schwierige) Vorgabe dabei war: Da man in diesem Jahr den 250. Geburtstag Goethes feiere, solle das Stück zumindest Assoziationen zu Goethe zulassen, im Idealfall das Faust-Thema variieren. […] Bei einem ersten Gespräch mit dem Regisseur Schidlowsky stießen wir auf eine überraschende Übereinstimmung. Obwohl wir verschiedenen Generationen angehören, hatten wir beide die gleiche erste und deshalb prägende Begegnung mit dem […] Theater erlebt. Unser beider erstes Theatererlebnis verdanken wir einem Puppenspiel, dem Spiel von »Doktor Fausts Verdammnis und Höllenfahrt«. […] Wir konnten uns noch Teile der Handlung ins Gedächt-

Ensemble **die Mitwirkenden einer Theateraufführung**

Assoziationen **gedankliche Verbindungen**
variieren **abwandeln, verändern**

nis rufen und kamen nach einigem Nachdenken sogar noch auf die Zauberformel »Perlicke – Perlacke«, mit der Kasperl die Teufel hervorrufen und verschwinden lassen konnte. Christian Schidlowsky ließ sich schnell für das Projekt erwärmen; wir vereinbarten eine enge Zusammenarbeit bei der Erstellung des Stückes, etwa derart, dass wir gemeinsam die Handlung und die Aufteilung der Szenen entwickeln würden, ich aber den endgültigen Dialog schreiben solle. Ich unterzeichnete also einen Vertrag mit dem Theater der Stadt Fürth, der den Termin der Uraufführung festlegte und einen zweiten mit dem Theater »Pfütze«, in dem die Rahmenbedingungen festgehalten waren: Für das geplante Stück standen uns vier Schauspieler zur Verfügung, zwei Damen, zwei Herren, außerdem ein Musiker, der live auf der Bühne musizieren und kleine Rollen übernehmen konnte.

Paul Maar

Vom Entwurf zur Endfassung ——— 1999

Das Theaterstück »F.A.U.S.T.« *war nicht gleich im ersten Versuch fertig. Paul Maar und Christian Schidlowsky haben verschiedene Versionen für die Handlung entworfen, mit den Schauspielern der »Pfütze« besprochen und dann noch einmal verändert. Auch die folgende Rahmenhandlung wurde diskutiert und wieder verworfen:*

Schauplatz ist ein Gasthaus in Staufen, wir schreiben das Jahr 1537, ein Jahr vor Fausts Tod. Eine mittelalterliche

Staufen **Stadt, in der der historische Faust gestorben sein soll**

wandernde Gauklertruppe führt im Gasthaus das Spiel »Vom schröcklichen Magier und Erzzauberer Doktor Faust« auf, die Zuschauer im Theater sind quasi die anwesenden Gasthausbesucher, die dem Spiel folgen. Am Rand der Bühne sitzt an einem Wirtshaustisch ein alter, mürrischer Mann, der gerade sein Abendbrot verzehrt und erst gelangweilt, dann immer interessierter dem Spiel folgt, schließlich sogar in das Geschehen eingreift, es kommentiert, einige der behaupteten »Wundertaten« Fausts den Gasthausbesuchern (also dem […] Theaterpublikum) ganz realistisch erklärt. Etwa wenn er die Geister, die der Doktor Faust erscheinen lassen kann, als Trick entlarvt, der mithilfe der Laterna Magica hervorgerufen wurde. […] Und langsam wird den Schauspielern klar, wer dieser Alte ist, der mit so viel Insider-Wissen aufwarten kann: Faust ist nicht tot und verschollen, wie man allerorten annahm, er sitzt leibhaftig vor ihnen, ein alter, resignierter, geläuterter Mann.

Laterna Magica
→ Seite 128

geläuterter von Charakterschwächen befreiter

Es dauerte eine ganze Weile, bis Paul Maar und Christian Schidlowsky eine Idee hatten, die auch die Schauspieler des Theaters »Pfütze« vollkommen überzeugte und die dann schließlich zu dem Theaterstück ausgearbeitet wurde, das ihr gerade im Unterricht lest und besprecht. »F.A.U.S.T. Furiose Abenteuer und sonderbare Träume« erlebte am 12.6.1999 seine Uraufführung in Fürth.

Arbeitsanregungen

1. Versuche mithilfe des Internets mehr über das Theater »Pfütze« in Nürnberg herauszufinden. Kennst du ein Theater in deiner Stadt oder in der näheren Umgebung, in dem du ähnliche Theaterstücke anschauen kannst wie in der »Pfütze«? Warst du selbst schon einmal im Theater? Tauscht euch in eurer Klasse über eure Erlebnisse im Theater aus.

2. Wie du auf Seite 74 f. erfährst, haben Paul Maar und Christian Schidlowsky beide als Kinder das Puppenspiel vom Doktor Faust gesehen. Auf den Seiten 113–115 kannst du einen Auszug aus einem typischen alten Faust-Puppenspiel nachlesen.

3. Auf Seite 75 f. beschreibt Paul Maar in einem knappen Entwurf, wie er sich zusammen mit Christian Schidlowsky zunächst das Theaterstück vorstellte. Doch da den Schauspielern des Theaters »Pfütze« diese Fassung nicht gefiel, mussten Maar und Schidlowsky ihre Idee noch einmal ändern. Wie gefällt dir diese Version des Stückes? Begründe deine Einschätzung kurz schriftlich.

4. Schreibe selbst eine Kurzfassung des »F.A.U.S.T.«, mit der du jemanden, der den Text nicht kennt, darüber informieren kannst, worum es in dem Stück geht.

M

Verstehen und Deuten

Sprache, Inhalt und Form

Volker Frederking

F.A.U.S.T. – ein Theaterstück _______________ 2005

Paul Maar und Christian Schidlowsky haben über die Abenteuer und Träume von Faust keine Erzählung oder einen Roman verfasst, sondern ein Theaterstück. Damit haben sie sich für eine bestimmte literarische Form entschieden. Schauen wir uns diese einmal genau an:

Es gibt drei literarische Grundformen – in der Fachsprache heißen sie »Gattungen«:

1. Gedichte (auch »lyrische Texte« genannt),
2. Geschichten (z. B. Erzählungen, Romane, Kurzgeschichten, Fabeln; auch »epische Texte« genannt),
3. Theaterstücke (auch »dramatische Texte« genannt).

Jede literarische Grundform hat ihre besonderen Merkmale. Ein Theaterstück beispielsweise besteht fast ausschließlich aus Dialogen, d. h. aus Gesprächen zwischen einzelnen Figuren des Stückes in wörtlicher Rede. Dadurch erfährst du ganz unmittelbar etwas über die Personen, die in einer Szene auftreten. Allerdings verrät dir ein Theaterstück meistens relativ wenig über die tieferen Gefühle und Gedanken der auftretenden Personen. Die Akteure sprechen und handeln, ihre Innensicht bleibt dir hingegen weitestgehend verschlossen. Dies ist in einer Erzählung oder in einem Roman ganz anders. Der Erzähler schildert hier ausführlich Empfindungen und Gedanken einer Hauptperson, innere Monologe geben dir einen detaillierten Einblick in die Innenwelt einer Figur.

Der größte Unterschied des Theaterstücks gegenüber den anderen beiden literarischen Grundformen besteht aber darin, dass es nicht nur zum *Lesen*, sondern vor allem zum *Vorspielen* gedacht ist. Deshalb finden sich in Theatertexten auch gewisse Hinweise, die den Schauspielern, die das Stück später aufführen, helfen, die Figuren darzustellen, z. B.

- Regieanweisungen,
- kurze Informationen über das Aussehen und Verhalten der Figuren,
- Aufzählung von Requisiten,
- Hinweise auf musikalische Einlagen und Gesang.

Requisiten **Gegenstände, die man zur Ausstattung braucht**

Da später alles nur auf einer einzigen Bühne dargestellt werden kann, muss ein Text für das Theater so geschrieben sein, dass sofort erkennbar ist, wo die Handlung gerade spielt und ob etwas »wirklich« passiert oder z. B. nur von einer Person geträumt wird, wie dies beim »F.A.U.S.T.« im zweiten Akt der Fall ist.

Das Theaterstück, das Paul Maar und Christian Schidlowsky über Faust verfasst haben, weist aber noch eine andere Besonderheit auf: Es ist für Kinder geschrieben und wird von speziellen Theatergruppen für Kinder einstudiert und aufgeführt. Auf der folgenden Seite findest du dazu Informationen, auf den Seiten 117–119 sind Beispiele von Aufführungen des »F.A.U.S.T.« durch solche Kinder- und Jugendtheaterbühnen abgedruckt.

M

Brockhaus Literatur

Kinder- und Jugendtheater — 1995

Kinder- und Jugendtheater, Sammelbegriff für alle Formen von Bühnenstücken, die speziell für Kinder und Jugendliche geschrieben worden sind. – Das Kindertheater geht auf das Schuldrama des 16./17. Jahrhunderts zurück; seine Entwicklung erreichte einen Höhepunkt in der Zeit der Aufklärung. [...] In der Bundesrepublik Deutschland zählen zu den selbstständigen Kinder- und Jugendtheatern u. a. »Theater für Kinder« in Hamburg und Hannover, »Theater der Jugend« in München, Unna und Bonn, »Rote Grütze« und »Birne« in Berlin, »Off-Off-Theater« in München und »Schnawwl« in München. Das »Grips-Theater« in Berlin (gegründet 1969) hat sich [...] zu einem Theater von internationaler Bedeutung entwickelt.

Axel Krommer

Sprache im Wandel der Zeiten — 2005

Vielleicht sind dir beim Lesen des »F.A.U.S.T.« einige merkwürdige Ausdrücke aufgefallen, die dir vorher noch nie begegnet sind. Diese Wörter werden am Rand erklärt, denn es ist nicht selbstverständlich, dass man heute, im 21. Jahrhundert, noch weiß, was das Wort »Hundsfott« (S. 15) bedeutet oder was eine »Muhme« (S. 23) ist. Das Theaterstück spielt jedoch im 15./16. Jahrhundert und damals waren diese Begriffe ganz normal und gebräuchlich.

Über das Problem, warum und wie sich Sprachen verändern, denken Wissenschaftler schon sehr lange nach. Zwar konnten sie bislang noch nicht alle Rätsel lösen, aber einige Erklärungen für den Sprachwandel haben sie bereits gefunden:

Zunächst ist es nicht überraschend, dass Wörter »aussterben« oder in Vergessenheit geraten können, wenn sie etwas bezeichnen, was es nicht mehr gibt oder was nicht mehr verwendet wird: Im Gegensatz zu uns könnte Faust z. B. sofort sagen, was man sich für einen »Kreuzer« (S. 9) kaufen kann. Auf der anderen Seite brauchen wir aber auch immer wieder neue Wörter, wenn sich die Welt verändert: Im Gegensatz zu uns könnte Faust daher mit dem Wort »Euro« nichts anfangen.

Manchmal sind Wörter auch mit Kleidungsstücken vergleichbar, die aus der Mode geraten. So bezeichnete man z. B. Frauen jahrhundertelang als »Weiber«, ohne dass das abwertend gemeint war. Dann wurde eine ganz besondere Form der sprachlichen Höflichkeit modisch und man wählte für das »Weib« eine Anrede, die man bislang nur für adelige Damen vorgesehen hatte, und sagte: »frowe«, d. h. »Frau«. Dadurch veränderte sich mit der Zeit nicht nur das Wort »Weib«, das nun beleidigend wirkte, sondern auch das Wort »Frau«, das bis heute ganz alltäglich klingt und nicht mehr nur Adelige meint.

Eine wichtige Rolle bei der Veränderung der Sprache spielen übrigens auch die Jugendlichen, die viele Wörter immer wieder in neuer, ungewöhnlicher und manchmal auch provozierender Weise verwenden: So bedeutete das Wort »geil« ursprünglich »fröhlich« und was deine Eltern noch »knorke« fanden, als sie zur Schule gingen, würdest du heute vielleicht als »voll fett« bezeichnen!

M

Arbeitsanregungen

1. Um das Besondere eines Theaterstücks zu spüren, mache das folgende kleine Experiment:
   a) Lies eine Szene leise.
   b) Lies dieselbe Szene laut.
   c) Lies dieselbe Szene laut mit einem Partner in verteilten Rollen.

   Welche Unterschiede stellst du in der Wirkung fest?

2. Wähle mit einem Partner eine Szene aus dem Stück aus, die euch besonders gut gefallen hat. Überlegt und erprobt, wie ihr sie der Klasse am besten im Rollenspiel vorführen könnt. Wenn alle Gruppen mit den Vorbereitungen fertig sind, spielt euch eure Szenen in einer großen Theaterrunde an einem geeigneten Platz im Klassenzimmer vor.

3. Wähle eine Szene aus »F.A.U.S.T.« und schreibe sie zu einem Kapitel einer Geschichte um. Achte dabei besonders auf die Darstellung von Gedanken und Gefühlen der Personen, die du schilderst.

4. Suche dir aus »F.A.U.S.T.« 15 bis 20 altmodische und ungewöhnliche Wörter heraus. Bilde mithilfe dieser Wörter mindestens vier neue und schwierige Sätze (z. B. »Meine Muhme war bis dato immer redlich«) und schreibe sie auf. Tausche nun mit einem Partner dein Heft und versuche seine Sätze zu »übersetzen« (z. B. »Meine Tante war bis heute immer gerecht und ehrlich«). Vergleicht und diskutiert eure Ergebnisse.

Axel Krommer

Fragen an einen Faust-Experten 2005

Die Figur des Johann Faust in dem Stück »F.A.U.S.T.« haben sich Paul Maar und Christian Schidlowsky nicht selbst ausgedacht. Es gab wirklich eine Person, auf die sich die beiden Autoren beziehen. Einiges von dem, was man über den »echten« Faust weiß, könnt ihr dem folgenden fiktiven Interview entnehmen:

fiktiven **erdachten**

Journalist: Herr Professor, was können Sie uns über den wahren, den echten, den historischen Faust sagen?

Professor: Die Frage ist nicht so einfach zu beantworten. Sie können sich sicher vorstellen, wie schwierig es ist, verlässliche Angaben über einen Mann zu bekommen, der vor über 500 Jahren geboren wurde.

Journalist: Ja, stimmt. Aber Sie als Wissenschaftler haben da doch sicher bestimmte Tricks, oder?

Professor: Nun, wenn es um eine Person des 15. bzw. 16. Jahrhunderts geht, dann muss ich mich vor allem auf schriftliche Quellen stützen. Und Sie können sich denken, dass nicht alles, was irgendwer irgendwann aufgeschrieben hat, auch wirklich den Tatsachen entspricht.

Journalist: Ich verstehe das Problem. Weiß man denn wenigstens, wann Faust geboren wurde?

Professor: Nicht einmal das ist unumstritten. Meistens wird das Jahr 1480 als Fausts Geburtsjahr angegeben, aber einer meiner Kollegen, Günther Mahal, glaubt, dass Faust bereits 1478 geboren wurde. Meistens wird

Knittlingen als Geburtsort genannt. Dort kann man heute übrigens auch ein Faustmuseum besuchen.

Journalist: In dem Theaterstück »F.A.U.S.T.« studiert Johannes Faust an der Universität in Heidelberg …

Professor: … aber auch das lässt sich nicht eindeutig belegen. 1505 bis 1509 war zwar ein Mann namens »Fust« oder »Faust« an der Uni in Heidelberg als Student eingeschrieben, aber es bestehen Zweifel daran, ob es der »echte« Faust war.

Journalist: Hm, es ist ja wirklich nicht so einfach, etwas über diesen Mann herauszufinden.

Professor: Im Jahre 1507 entstand dann ein Brief, der erst 1536 im Druck erschien und der bis in die Mitte des 19. Jahrhunderts die einzige zeitgenössische Quelle zu Faust war.

Journalist: Das klingt interessant! Was war denn das für ein Brief?

Professor: Es handelte sich um ein Schriftstück des Würzburger Abtes Johannes Trithemius, der Faust u. a. als Landstreicher und Betrüger beschimpfte. Und dieser Brief war ganz entscheidend für das negative Bild des historischen Faust verantwortlich: Wer Faust verurteilen wollte, berief sich auf Trithemius …

Journalist: Wie ungerecht, wenn ein einziger Brief ausreicht, um das Bild eines Menschen so zu bestimmen. Nehmen wir mal an, dass Faust kein Landstreicher war. Womit hat er denn sein Geld verdient?

Professor: Auch hier bleibt vieles leider im Dunkeln: Möglicherweise war Faust um 1516 vom verschuldeten Abt Johann Entenfuß als Alchimist zum Goldmachen engagiert worden. Sicher ist: 1520 wird Faust als Astrologe vom Bamberger Bischof sehr großzügig dafür entlohnt, dass er ein Geburtshoroskop erstellt.

Journalist: Wenn ich ehrlich bin, hört sich das ein wenig seltsam an: Goldmachen, Horoskope erstellen …

Professor: Das ist noch lange nicht alles: 1528 wird Faust als Wahrsager aus Ingolstadt ausgewiesen und 1532 verweigert man ihm das Geleit von Fürth nach Nürnberg und bezeichnet ihn als Geisterbeschwörer.

Journalist: Um Gottes Willen!

Professor: Da Sie gerade den lieben Gott erwähnen: Etwa 1537 taucht der Name Fausts sogar in Tischgesprächen Luthers auf, d.h. man kannte ihn auch in diesen Kreisen! In den Dokumenten des Bamberger Fürstbischofs wird er als Doktor bezeichnet. Und 1539 würdigt der in Worms tätige Arzt Philipp Begardi Faust als »namhaften tapferen Mann«, der wegen seiner »großen Kunst« als Arzt, Heiler und Philosoph berühmt sei.

Journalist: Lassen Sie mich raten: Wenn nicht einmal das genaue Geburtsdatum feststeht, dann weiß man sicher auch nicht, wann Faust starb, richtig?

Professor: Ja, leider. Auch hier gibt es keine gesicherten Erkenntnisse: Faust ist wahrscheinlich um 1540 in Staufen im Breisgau gestorben – wie, ist unbekannt. Möglicherweise wurde er auch ermordet.

Journalist: Die Geschichte bleibt bis zuletzt so undurchsichtig wie spannend. Ich sehe schon, dass ich mich noch intensiver mit Faust beschäftigen muss, denn jetzt weiß ich zwar viel, doch ich möchte natürlich alles wissen. Vielen Dank für heute, Herr Professor!

Professor: Keine Ursache, gerne geschehen!

M

Johannes Trithemius

Brief an Johann Virdung — 1507

Am 20. August 1507 schreibt Johannes Trithemius, Abt des Klosters St. Jakob, an den Heidelberger Mathematiker und Hofastrologen Johann Virdung einen Brief. Dieser stellt eines der wenigen zeitgenössischen Dokumente über Faust dar. Der Brief gilt als Hauptquelle für das negative Bild des historischen Faust. Dabei war Trithemius selbst ein Mann von zweifelhaftem Ruf, war er doch 1505, also zwei Jahre vor dem Brief, als Abt in seinem Kloster Sponheim von seinen eigenen Mönchen der schwarzen Magie angeklagt und aus dem Kloster vertrieben worden.

Astrologen → Seite 128

Jener Mensch, über welchen du mir schreibst, Georg Sabellicus, welcher sich den Fürsten der Nekromanten zu nennen wagte, ist ein Landstreicher, leerer Schwätzer und betrügerischer Strolch, würdig ausgepeitscht zu werden, damit er nicht ferner mehr öffentlich verabscheuungswürdige und der heiligen Kirche feindliche Dinge zu lehren wage. Denn was sind die Titel, welche er sich anmaßt, anders als Anzeichen des dümmsten und unsinnigsten Geistes, welcher zeigt, dass er ein Narr und kein Philosoph ist! So machte er sich folgenden ihm konvenierenden Titel zurecht: Magister Georg Sabellicus Faust der Jüngere, Quellbrunn der Nekromanten, Astrolog, Zweiter der Magier, Chiromant, Aeromant, Pyromant, Zweiter in der Hydromantie. – Siehe die törichte Verwegenheit des Menschen; welcher Wahnsinn gehört dazu, sich die Quelle der Nekromantie zu nennen! Wer in Wahrheit in allen guten Wissenschaften unwissend ist, hätte sich

Nekromant Toten- bzw. Geisterbeschwörer

konvenierenden passenden

Chiro-/Aeromant Handlinien-/Wetterdeuter

Pyro-/Hydromant Feuer-/Wasserzauberer

lieber einen Narren, denn einen Magister nennen sollen. Aber mir ist seine Nichtswürdigkeit nicht unbekannt. Als ich im vorigen Jahre aus der Mark Brandenburg zurückkehrte, traf ich diesen Menschen in der Nähe der Stadt Gelnhausen an, woselbst man mir in der Herberge viele von ihm mit großer Frechheit ausgeführte Nichtsnutzigkeiten erzählte. Als er von meiner Anwesenheit hörte, floh er alsbald aus der Herberge und konnte von niemandem überredet werden, sich mir vorzustellen. […] In jener Stadt erzählten mir Geistliche, er habe in Gegenwart vieler gesagt, dass er ein so großes Wissen und Gedächtnis aller Weisheit erreicht habe, dass, wenn alle Werke von Plato und Aristoteles samt all ihrer Philosophie durchaus aus der Menschen Gedächtnis verloren gegangen wären, er sie […] durch sein Genie sämtlich und noch treffender wiederherstellen wolle. […] In den Fasten dieses Jahres kam er nach Kreuznach, wo er sich in gleicher großsprecherischer Weise ganz gewaltiger Dinge rühmte und sagte, dass er in der Alchemie von allen, die je gewesen, der Vollkommenste sei und wisse und könne, was nur die Leute wünschten. […]

Plato und Aristoteles **berühmte griechische Philosophen der Antike**
In den Fasten **in der Fastenzeit**

M

Arbeitsanregungen

1. Suche im Internet und in Lexika nach weiteren Informationen über den historischen Faust. In eine Suchmaschine könntest du zum Beispiel »Faust-Museum Knittlingen« eingeben.

2. Verfasse mithilfe der Antworten des Faust-Experten und deiner eigenen Recherchen einen Lebenslauf des historischen Faust mit Lebensdaten, Lebensorten, Beruf etc.

3. Welches Wissen aus der Überlieferung über das Leben des historischen Faust haben die Autoren Maar und Schidlowsky in ihr Theaterstück übernommen? An welchen Stellen weichen sie davon ab?

4. Stelle dir vor, du hättest als Zeitgenosse den 1507 geschriebenen und 1536 als Flugblatt verteilten Brief des Abtes Johannes Trithemius gelesen. Schreibe einen Antwortbrief, in dem du dich auf Fausts Leben, so wie es Paul Maar und Christian Schidlowsky in »F.A.U.S.T.« darstellen, beziehst.

5. Erfinde eine Szene für das Theaterstück von Paul Maar und Christian Schidlowsky hinzu, in der Faust als 27-Jähriger den Brief des Trithemius liest und daraufhin beschließt, den Abt deswegen zur Rede zu stellen.

Werner Müller/Christine Janner

Eine kleine Einführung in die Zeit Fausts — 1999

Das Jahrhundert von 1450 bis 1550 hat den Lauf der Geschichte geändert. Diese Zeit ist vom Aufbruch in eine neue Welt geprägt: Gutenberg erfindet den modernen Buchdruck, der Seefahrer Christopher Columbus entdeckt Amerika und bringt fremde Gewürze, aber auch neue und gefährliche Krankheiten von seiner Reise mit. Der Astrologe Kopernikus findet heraus, dass die Erde um die Sonne kreist und nicht, wie bisher angenommen, im Zentrum des Weltalls steht. Martin Luther hinterfragt die kirchliche Lehre. Schießpulver, Gewehre und Kanonen lassen die Zeit der Ritter zu Ende gehen.

Künstler und Philosophen, die Humanisten, erklären, »dass es nichts gibt, das bewundernswerter wäre als der Mensch«. Sie verkünden die Renaissance, das heißt die Wiedergeburt der Kultur der Römer und Griechen aus der Antike. Man feiert den Fortschritt der Wissenschaften, zum Beispiel die genaue Berechnung der Sterne oder die Verfeinerung des Fernrohrs, was eine Umseglung der Welt erst ermöglichte.

Die Menschen glauben aber nur zum Teil an die neuen Erkenntnisse und bezweifeln weiterhin nicht die Existenz von Teufel und Hexen oder die Macht der Zauberei. In diesem Jahrhundert, das Erfindungen wie Taschenuhren und den ersten Globus machte, gab es ebenso Hexenverbrennungen, Aufstände der Armen gegen ihre Herren und tödliche Krankheiten.

M

Werner Müller/Christine Janner

Faust: mit dem Teufel im Bunde? 1999

Früher hatten die Menschen weniger Möglichkeiten, sich Dinge zu erklären als heutzutage. Vorgänge, die jetzt leicht erklärbar sind, wie Unwetter oder Krankheiten, schienen oft ein Rätsel. Man kann sich natürlich immer noch vor einem Gewitter fürchten, aber man weiß, dass kein böses Schicksal oder Geister dahinterstecken.

Wenn wir uns vor etwas fürchten, ist es oft gut, der Angst eine Gestalt zu geben: glühende Augen, einen Pferdefuß, Hörner auf dem Kopf – Symbole des Teufels. Seine Existenz erklärte die Ursache eines Unglücks.

Verhielt sich jemand anders, als man es von ihm erwartete, war er vielleicht »vom Teufel geritten«? Auch ei-

Die Teufel freuen sich, den Menschen zu verführen (Druck von 1472)

gene Wünsche nach Rache oder Macht (die man sich damals wie heute nicht immer eingestehen wollte) wurden oft dem Einfluss des Teufels zugeschrieben.

Faust erlebt in seinen Träumen solche Gefühle – und bringt sie mit Mephist in Verbindung. Ein jeder von uns trägt seine »teuflische« Seite in sich. Ob und wie wir sie in die Tat umsetzen, bleibt aber jedem selbst überlassen.

[...] In vielen Quellen wird ihm [Faust] Zauberei und Teufelsbündlerei nachgesagt. Hätte man ihm das tatsächlich nachweisen können, wäre er in der Zeit der Hexenverfolgungen wohl auf dem Scheiterhaufen verbrannt worden. Seine Mitmenschen waren von Fausts Ausstrahlung fasziniert, aber auch argwöhnisch, was es mit diesem Mann auf sich hatte.

Nach Fausts mysteriösem Tod im Jahr 1540, als er, wohl bei dem Versuch Gold zu machen, ums Leben gekommen ist, war man sich sicher: dieser Mann stand mit dem Teufel im Bunde – Ausgangspunkt für zahlreiche Geschichten um den geheimnisvollen Zeitgenossen.

Wie kam es zur vermeintlichen Höllenfahrt des Doktor Faust? Damals beschäftigten sich viele Gelehrte mit der Herstellung von Gold, war es doch die Möglichkeit, zu unendlichem Reichtum zu kommen. Auch Faust könnte sich darin versucht haben. Bei der Verwendung von gefährlichen Chemikalien ist es vielleicht zu einer Explosion gekommen, die Faust und sein »Labor« in die Luft sprengte. Es bot sich vermutlich ein grauenhafter Anblick: geborstene Fenster, verrußte Wände, Schwefelgeruch und mittendrin ein verkrümmter und verkohlter Mensch. Klar, den hatte der Teufel geholt!

M

Brockhaus

Teufel 2004

[von griechisch diábolos »Verleumder«], Religionsgeschichte: Verkörperung des Bösen; böser Geist (Dämonen); [...] im Alten Testament Satan, im Neuen Testament auch Beelzebub; dort als »Vater der Lüge« (Johannes 8,44) und »Fürst dieser Welt« (Johannes 12,31) beschrieben. Die mittelalterliche Frömmigkeit sah im Teufel (Luzifer) den Herrn der Hölle; in der Vorstellungswelt des Mittelalters erschien er in äußerst vielfältiger Gestalt, meist mit Hörnern, Vogelkrallen, Bocksbeinen, Flügeln, Hufen und Schwanz; weit verbreitet war die Vorstellung des Teufelspakts [...], bei dem der Mensch die von ihm gewünschten zeitlichen Güter gewinnt, aber seine ewige Seligkeit verliert; für M. Luther war er der überall in den Strukturen der Kirche und Welt präsente Antichrist.

Brockhaus

Alchimie 2004

[von arabisch al-kimiya' »Chemie«] die (Alchemie, Alchymie), entstand im 2./3. Jahrhundert im alexandrinischen Ägypten und war im Mittelalter bis zum Beginn der Neuzeit die wissenschaftliche Beschäftigung mit chemischen Stoffen. Die Erneuerung der Alchimie durch Paracelsus leitete im 17. Jahrhundert zur antialchimistischen, empirischen Chemie über; die Alchimie stand seither als »geheime Kunst« mit ihren Bemühungen, Gold zu machen, den »Stein der Weisen«, das Universallösungsmittel »Alkahest« und lebensverlängernde Elixiere zu finden, außerhalb der Naturwissenschaften. Die chemischen Kenntnisse des Altertums, großenteils durch die Araber überliefert, bildeten ihre Grundlage. Der Alchimie gelang eine Fülle von chemischen Entdeckungen (z. B. Alkohol, Porzellan, Phosphor), eine Erweiterung des Arzneischatzes und eine Verfeinerung der chemischen Arbeitstechnik, worauf die spätere Chemie aufbauen konnte. Bekannte Alchimisten des Mittelalters waren Albertus Magnus, Geber, Arnaldus von Villanova, Roger Bacon, Basilius Valentinus.

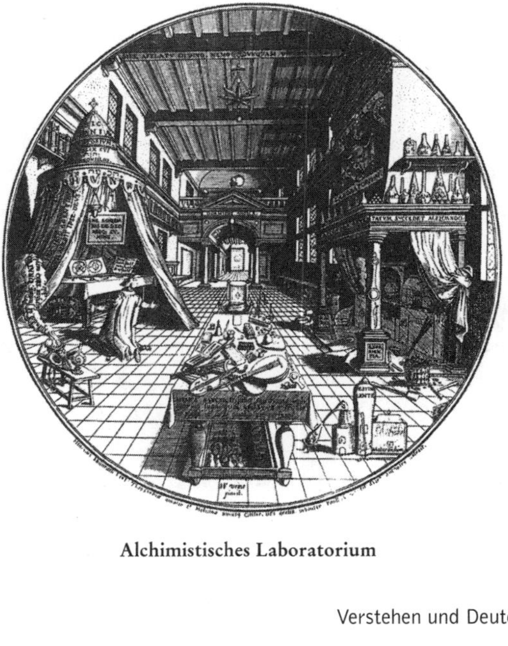

Alchimistisches Laboratorium

M

Werner Müller/Christine Janner

Der Arzt auf Reisen — 1999

Neben den Kräuterweibern sorgten sich auch Doktoren um die medizinische Pflege. Doch die konnten sich nur reiche Leute leisten: Durch Urin- und Blutproben stellten sie die Art der Krankheit fest. Das häufigste Heilmittel war der Aderlass, der dem Kranken das »schlechte« Blut aus dem Körper ziehen sollte. Gebrochene Beine und offene Wunden verarztete eher der Bader, der ursprünglich seine Kunden beim Waschen bediente und rasierte, da es ja keine Badezimmer gab.

Oft glaubte man noch, dass eine unbekannte Krankheit auf göttlichen Fluch zurückzuführen sei. Um 1500 besannen sich die Doktoren aber darauf, was ein griechischer Arzt namens Hippokrates schon 900 Jahre früher behauptet hatte: Eine Krankheit ist eine natürliche Reaktion des Menschen auf ungesunde Einflüsse und deshalb auch mit natürlichen Mitteln zu bekämpfen.

Der Mediziner Paracelsus stellte daraufhin die Medizin der Doktoren in Frage. Er glaubte nicht an die vielen Theorien, die er an der Universität gelernt hatte. Sein Lehrmeister war die Natur. Auf Wanderungen durch Europa machte er seine Beobachtungen. Er lernte von Bauern, Handwerkern, den Badern und den als »Hexen« verschrienen Kräuterweibern, die ihm von alten Hausmitteln erzählten. Dieses überlieferte Wissen verband er mit seinen neuen Erkenntnissen.

So versuchte er für jede Krankheit die individuelle Arznei zu finden und mischte dabei aus Kräutern und erstmals auch aus Mineralien, wie Eisen oder Kalzium, neue Heilmittel. Der historische Faust hat zur gleichen Zeit wie Paracelsus gelebt und könnte sich von ihm etwas abgeguckt haben. Der Johann Faust aus dem Theaterstück »F.A.U.S.T.« wandert auf den Spuren dieses Mediziners. Auch er sucht sich seinen eigenen Weg zwischen der Heilkunde seiner Großmutter und dem, was er auf der Universität gelernt hat.

Paracelsus (eigtl. Aureolus Philippus Theophrastus Bombastus von Hohenheim), Arzt, Naturforscher und Philosoph (1493–1541)

M

Paracelsus

Die Natur als Lehrmeisterin des Arztes ______ 1536

So soll und muss nun der Arzt aus der Natur hervorgehen und in ihr und von ihr lernen, außer ihr gibt es nichts und alles ist aus und in der Natur. Drum ist es vonnöten, dass er aus der Natur hervorgehe und nicht zu Leipzig oder zu Wien zum Arzte gemacht werde. […] Die Natur lehrt den Arzt, nicht der Mensch.

Philosophie hier: Einsicht

Das ist die Philosophie, welche den Grund der Arznei bildet[:] Nicht etwa, du sollst etwa den Menschen erkennen, sondern die Natur, die im Himmel geschaffen wurde [der Makrokosmos]. Diese zeigt dir alles von Stück zu Stück an. Denn aus ihr ist der Mensch geschaffen. […] Denn das Äußere ist ein Spiegel des Inneren. Also ist der Mensch ein Bildnis, das durch die vier Elemente in einen Spiegel gesetzt wurde […]. […] So ganz und vollkommen soll der Arzt diesen Mikrokosmos erkennen.

Mikrokosmos hier: der Mensch

Arbeitsanregungen

M

1. Die Zeit, in der Faust gelebt hat, wird Renaissance genannt. Auf Seite 89 findest du Erläuterungen und Beispiele. Informiere dich in Lexika, Geschichtsbüchern und/oder im Internet weiter. Erstelle auf dieser Grundlage eine Collage aus Bildern und Texten zu einem mit der Renaissance zusammenhängenden Thema deiner Wahl.

2. Der historische Faust könnte als Arzt und Heiler durch Paracelsus beeinflusst worden sein. Paul Maar und Christian Schidlowsky lassen Faust deshalb »auf den Spuren dieses Mediziners wandern«. Notiere, welche »Spuren« des Paracelsus du in der Darstellung des Faust im Theaterstück entdeckst.

3. Auf den Seiten 90–93 findest du Hintergrundinformationen zum Teufelsglauben, zur Alchimie und zur Zauberei in der Zeit des Faust. Prüfe mit deinem Sitznachbarn/deiner Sitznachbarin, wo im Theaterstück diese Themen angesprochen werden bzw. eine Rolle spielen.

4. Im Theaterstück »F.A.U.S.T.« ist der Pakt mit dem Teufel als böser Traum dargestellt, aus dem Faust glücklich erwacht. Was könnte Faust in seinem Tagebuch über diesen Traum notiert haben?

M

Kräuterweiber, Hexen und Hexenverfolgung

Jakob Sprenger/Heinrich Institoris

Malleus Maleficarum. Der Hexenhammer —— 1487

[Es] geschehen sehr viele Mordtaten, Hurerei, Tötung von Kindern und Vieh, und andere Hexentaten werden vollbracht. Daher werden auch diejenigen, die sich solcher Künste bedienen, malefici (Hexer) genannt von maleficare (Böses tun, hexen). [...]

Inquisitoren Richter der katholischen Kirche

frommt es nützt es

Da es unsere Hauptabsicht in diesem Werk ist, uns Inquisitoren [...] der Hexen, soweit es mit Gott geschehen kann, zu entledigen, indem wir sie ihren Richtern zur Bestrafung überlassen, [...] deshalb frommt es zu zeigen, dass die Bischöfe gegen die Hexen in vielen Stücken vorgehen können [...].

Ein Ketzer ist derjenige, der neue und falsche Meinungen entweder aufbringt oder verfolgt. Auch die Vernunft gehört dazu, weil Ketzerei eine Art Unglaube ist, und der Unglaube ist im Verstand subjektiv. [...]

[Der Hexenhammer gibt Anweisungen] von dem, was der Richter vor der Vorlegung von Fragen in der Kerker- und Folterkammer zu beachten hat. [...]

Werner Müller/Christine Janner

Kräuterweib oder Hexe? 1999

Kräuterweiber wussten Bescheid, welches Kraut hilft und wie viel der Kranke einnehmen sollte. Diesen Frauen sagte man oft Zauberfähigkeiten nach. Möglicherweise weil sie Heilkräuter häufig in Verbindung mit Beschwörungsformeln angewendet haben. Vielleicht hatten die Menschen aber einfach Angst, weil die Kräuterweiber durch ihr Heilwissen Macht über Leben und Tod besaßen. Als durch Pestseuchen ganze Dörfer starben, hielt man das für einen Fluch. Man suchte nach Schuldigen und Verdacht fiel auf die Kräuterweiber. Waren sie Hexen, die mit dem Teufel im Bunde standen? Zumindest war es eine Möglichkeit, diese Frauen loszuwerden. Die Männer der Kirche verfassten ein dickes Buch, den Hexenhammer. In ihm steht geschrieben, welche Taten eine Hexe mit der Hilfe des Teufels verübt haben kann. Ein krankes Schaf, eine schlechte Ernte, ein schlimmes Gewitter – alles gilt als Werk des Teufels und seiner Verbündeten, der Hexen. Natürlich war es unmöglich, diese Taten nachzuweisen, aber oft genügte nur ein Wort von neidischen Nachbarn, um jemanden vor Gericht zu bringen. Dort zwang man die Angeklagten mit grausamen Foltermethoden zu einem falschen Geständnis. Es war unwichtig, ob man sich zu einem Bund mit dem Teufel bekannte oder auf seiner Unschuld bestand. Denn solche Qualen hält man nur mit dem Beistand der Hölle aus. In den meisten Fällen wurden die Beschuldigten bei lebendigem Leibe auf dem Scheiterhaufen verbrannt – außer sie hatten die Folter nicht überlebt!

Rebekka Lempin

Brief an den Mann 1590

Die als »Hexe« verbrannte Rebekka Lempin aus Nördlingen schrieb 1590 aus dem Gefängnis an ihren Mann:

Mein auserwählter Schatz, soll ich mich so unschuldig von dir scheiden müssen, das sei Gott immer und ewig geklagt! Man [...] hat mich so gemartert, ich bin aber so unschuldig als Gott im Himmel. Wenn ich im Wenigsten ein Pünktlein um solche Sache wüsste, so wollte ich, dass mir Gott den Himmel versagte. O du herzlieber Schatz, wie geschieht meinem Herzen! O weh, o weh meine armen Waisen! [Gott] Vater, schick mir etwas, dass ich sterb; ich muss sonst an der Marter verzagen. Kommst heut nicht, so tue es morgen. Schreib mir von Stund an. O Schatz, deiner unschuldigen Rebecka! Man nimmt mich dir mit Gewalt!

Waisen **Kinder ohne Eltern, hier: ohne Mutter**
Marter **Folter, Qual**

Hexenverbrennung, Flugblatt von 1555

Arbeitsanregungen

M

1. Auf den Seiten 98–100 findest du Informationen zum Thema »Hexen und Hexenverfolgung«. Sprecht in der Klasse über die Texte und das Bild.

2. Paul Maar und Christian Schidlowsky haben in dem von ihnen verfassten Theaterstück über Faust den Hexenglauben und die Hexenverfolgung im Mittelalter verarbeitet. Suche die Stellen heraus und prüfe, welche historischen Hintergründe von den beiden Autoren angesprochen werden. Notiere deine Ergebnisse.

3. Lies noch einmal den Brief, den die unschuldig angeklagte und später auch hingerichtete Rebekka Lempin an ihren Mann geschrieben hat und aus dem Kerker herausschmuggeln konnte. Stelle dir vor, auch der Großmutter des Faust wäre das gelungen. Was hätte sie an Faust geschrieben?

4. Faust erscheint im Traum seine Großmutter als Vision (2. Akt, 4. Szene). Vergeblich versucht er mit ihr zu sprechen. Stelle dir vor, es wäre ein Gespräch zwischen den beiden zustande gekommen. Schreibe die Szene weiter.

M

Schule im Mittelalter

Werner Müller/Christine Janner

Schulwesen zur Zeit Fausts 1999

Damals war es ein großes Glück, zur Schule gehen zu dürfen. Oft waren die Eltern zu arm, um das Schulgeld zu bezahlen, wenn die Kinder nicht ohnehin zu Hause mithelfen mussten und keine Zeit zum Lernen hatten. Der Betteljunge Johann Faust wäre nie in die Schule gekommen, wenn der Mönch ihn nicht beim Schreiben entdeckt hätte.

So sieht eine Schule zu dieser Zeit aus: Ein Lehrer mit der Rute in der Hand liest seinen Schülern vor. Vielleicht bringt er ihnen lateinische Gebete oder Bibelverse bei. Die Schüler sitzen auf Holzbänken und haben ihre Abc-Fibeln auf den Knien. Ihre Aufgaben ritzen sie mit Griffeln aus Holz oder Knochen in kleine Wachstäfelchen.

Abc-Fibeln
Schulbücher zum Erlernen des Lesens

Alle Klassen werden in einem Raum unterrichtet. Dort lernen sie lesen, schreiben, rechnen und singen, haben aber auch Latein und Religion. Es gibt noch keine Tafeln oder Tische – die Kinder müssen froh sein, wenn das Schulzimmer beheizt und hell genug ist, schließlich beginnt der Unterricht jeden Morgen früh um sechs Uhr.

Überhaupt ist es gar nicht so leicht, die Schulzeit durchzustehen. Der Junge mit der Esels- oder Narrenkappe hat sich nicht verkleidet, sondern wird bestraft. Alle in der Klasse sollen sehen, dass er keine Antwort auf die Frage des Lehrers wusste. Vielleicht hat er wenigstens das Glück, nicht geschlagen zu werden. Denn wer unpünktlich war, im oder außerhalb des Unterrichts durch »ungebührliches« Treiben auffiel, falsch im Chor sang oder in der Lateinschule deutsch redete, musste mit Schlägen rechnen.

Viel schöner war es doch für Faust, die Buchstaben von seiner Großmutter zu lernen: »Erst die Stange mit den zwei Fahnen. Das Dach mit dem Querbalken. Der tiefe Brunnen. Die Schlange. Der Galgen …«

M

Stadt Wien

Schulordnung für die Stadtschule St. Stephan — 1446

Item es sullent auch die kinder messiklichen gezuchtigt werden mit sechs oder acht messigen gertenslegen und nicht umb die heubt noch mit den feusten, und ob vielleicht ein schuler grosser straf schuldig wer umb diebhait oder ander grozz schuld, das sol man an den schulmaister pringen, das er gestraft wird in seiner gegenwurtikait, das sich die andern vor solhen dingen hüten.

Erasmus von Rotterdam

Menschen müssen gebildet werden — 1529

Bäume wachsen vielleicht von selbst, wenn sie auch steril sind oder gewöhnliche Früchte tragen; Pferde werden geboren, wenn auch unbrauchbare – aber Menschen, das glaube mir, werden nicht geboren, sondern gebildet. Die ältesten Menschen, welche ohne Gesetz und Ordnung in wilder Ehe ihr Leben hinbrachten in den Wäldern, glichen in Wahrheit mehr Thieren als Menschen. Die Vernunft macht den Menschen; […] Die Natur, indem sie dir einen Sohn gab, übergab dir nichts anders, als eine rohe Masse; es ist deine Sache, der fügsamen und zu Allem bildsamen Materie die beste Form zu geben: wenn du es unterlässest, erhältst du eine Bestie, wenn du sorgsam bist, erhältst du sozusagen einen Gott.

Bestie wildes Tier

Arbeitsanregungen

M

1. Was mag Faust wohl nach seinem ersten Schultag gedacht haben? Schreibe auf, was er der Großmutter über die Schule und seinen ersten Tag erzählt.

2. Lies dir die Schilderung der Schule im Mittelalter genau durch (S. 102 f.). Notiere die Stellen im Theaterstück, wo sich deiner Meinung nach Parallelen zeigen, und begründe deine Auswahl.

3. Versuche gemeinsam mit deinem Sitznachbarn/deiner Sitznachbarin die Schulordnung der Stadt Wien in unser heutiges Deutsch zu übersetzen.

4. Male dir aus, was passiert wäre, wenn Rufus die Doktorfeier an der Heidelberger Universität nicht gestört und durch seine Hinterlist nicht dafür gesorgt hätte, dass Faust in letzter Minute doch noch der Doktortitel verweigert wurde.

Faust in der Literatur

Paul Maar und Christian Schidlowsky haben während der Vorbereitungen zu ihrem Theaterstück »F.A.U.S.T.« viele Bücher über den Faust gelesen. Aus einigen davon findest du nachfolgend Auszüge.

Johann Spies

Historia von D. Johann Fausten ——— 1587

Das Buch von Johann Spies ist einige Jahrzehnte nach dem Tod des historischen Faust als erste literarische Verarbeitung des Themas erschienen und hat großen Einfluss gehabt.

Die andere Disputation Fausti mit dem Geist so Mephostophiles genennet wird.

Abends oder um Vesperzeit, zwischen drei und vier Uhren, erschien der fliegende Geist dem Fausto wieder, und erbot sich ihm in allem unterthänig und gehorsam zu sein, dieweil ihm von seinem Obersten Gewalt gegeben war, und sagte zu Fausto: »Die Antwort bring ich dir, und Antwort musst du mir geben. Doch will ich zuvor hören, was dein Begehr sei, dieweil du mir auferlegt hast, auf diese Zeit zu erscheinen.« Dem gab D. Faustus Antwort, jedoch zweifelhaftig und seiner Seelen schädlich, denn sein Sinn stunde anders nicht, denn dass er kein Mensch mehr möchte sein, sondern ein leibhaftiger Teufel, oder ein Glied darvon, und begehrt vom Geist wie folgt:

Erstlich, dass er auch die Geschicklichkeit, Form und Gestalt eines Geists möchte an sich haben und bekommen.

Zum andern, dass der Geist alles das thun sollte, was er begehrt und von ihm haben wollt.

Zum dritten, dass er ihm geflissen, unterthänig und gehorsam sein sollte als ein Diener.

Zum vierten, dass er sich allezeit, sooft er ihn forderte und berufte, in seinem Haus sollte finden lassen.

Zum fünften, dass er in seinem Hause unsichtbar wölle regieren und sich sonsten von niemand als von ihm wölle sehen lassen, es wäre denn sein Wille und Geheiß.

Und letztlich, dass er ihm, sooft er ihn forderte und in der Gestalt, wie er ihm auferlegen würde, erscheinen sollt.

Auf diese sechs Puncten antwort der Geist dem Fausto, dass er ihm in allem wollt willfahren und gehorsamen, sofern er ihm dagegen auch etliche fürgehaltene Articel wölle leisten, und wo er solches thue, sollt es weiter keine Not haben. Und seind dies darunter des Geists etliche Articel gewesen: Erstlich, dass er, Faustus, verspreche und schwöre, dass er sein, des Geistes, Eigen sein wolle.

Zum andern, dass er solches zu mehrerer Bekräftigung mit seinem eigenen Blut wölle bezeugen, und sich darmit also gegen ihm verschreiben.

Zum dritten, dass er allen christgläubigen Menschen wölle Feind sein.

Zum vierten, dass er den christlichen Glauben wölle verleugnen.

Zum fünften, dass er sich nicht wölle verführen lassen, so ihn etliche wöllen bekehren.

Hingegen wölle der Geist ihm, Fausto, etliche Jahr zum Ziel setzen; wann solche verloffen, sollte er von ihm geholt werden. So er solche Puncte halten würde, sollte er alles das haben, was sein Herz gelüste und begehre; und sollte er alsbald spüren, dass er eines Geistes Gestalt und Weise haben würde.

D. Faustus war in seinem Stolz und Hochmut so verwegen, ob er sich gleich ein wenig besunne, dass er doch seiner Seelen Seligkeit nicht bedenken wollte, sondern dem bösen Geist solches darschluge und alle Articel zu halten verhieße. Er meinet, der Teufel wär nit so schwarz als man ihn malet, noch die Höll so heiß wie man davon sagte.

Christopher Marlowe

Die tragische Historie vom Doktor Faustus — 1593

M

Faustus betritt sein Studierzimmer.

Faustus Nun, Faust, ist's klar: Du *bist* verdammt, und kannst du nun nicht mehr gerettet werden, was frommt's dann noch, an Gott und Himmel denken? Weg drum solch eitles Spintisiern! Verzweifle! An Gott verzweifle und auf Beelzebub vertrau! Nicht mehr zurück, Faust, sei entschieden! Du schwankst? [...]

Die beiden Engel erscheinen.

Böser Engel Geh vorwärts, Faust, in dieser Kunst der Künste!

Guter Engel Faust, lieber Freund, lass die verruchte Kunst!

Faustus Zerknirschtsein, Beten, Buße – mag das helfen?

Guter Engel Oh, Mittel sind's, zum Himmel dich zu bringen.

Böser Engel Nein, Illusionen, Wahnsinnsausgeburten, sie machen jeden, der sie ernst nimmt, närrisch.

Illusionen Täuschungen

Guter Engel Denk du an Gott und Himmel, lieber Faust!

Böser Engel Nein, Faust, denk du an Ehre, Macht und Reichtum!

Die beiden Engel verschwinden.

Faustus An Macht und Ehr'!
Ei wohl, mein soll die Herrschaft Emden werden! Was kann, wenn Mephistopheles mir beisteht, ein Gott mir schaden? Fort mit allem Zweifel! Faust, du bist sicher! Mephistopheles, komm, bring die frohe Botschaft Luzifers. – Schlug es nicht zwölf? –

veni, veni lat. »komm, komm!«
juristisch rechtlich

Komm, Mephistopheles, veni, veni, Mephistophile! […]

Mephistopheles Schön, Faust, doch musst du's ganz juristisch fassen als klares Dokument der Übereignung.

Faustus Das will ich tun. *(Schreibt)* Doch, Mephistopheles, mein Blut gefriert, ich kann nicht weiterschreiben!

Mephistopheles Gleich hol ich Feuer, um es aufzutauen. *(Ab)*

Faustus Was mag das heißen, dass mein Blut erstarrt? Es will wohl nicht, dass den Vertrag ich zeichne! Warum denn strömt's mir nicht zum Weiterschreiben? »Faust gibt dir deine Seele« … da, da stockt' es. Warum wohl? Ist nicht meine Seel' *mein* Eigen? Drum schreib ich's neu: Faust gibt dir seine Seele.

Mephistopheles kehrt zurück mit einem brennenden Kohlenbecken.

Mephistopheles Faust, hier ist Feuer, halte dran den Arm!

Faustus So – jetzt: Das Blut wird wieder klar und flüssig, und unverzüglich sei das Werk vollendet. *(Schreibt)*

Mephistopheles *(beiseite)* Was alles tät' ich nicht um diese Seele!

Homo fuge! lat. »Mensch, fliehe!«
Trug Täuschung

Faustus Das Dokument ist fertig. Faust hat dem Teufel seine Seel' vermacht. Doch welche blutige Inschrift zeigt mein Arm? »Homo fuge!« Wohin denn sollt ich fliehen? Flücht ich zu Gott, so stößt er mich zur Hölle! Ein Trug der Sinne – nichts steht hier geschrieben … Nein doch, ganz klar seh ich die Schrift – hier steht: »Homo fuge!« Doch gibt's für Faust kein Fliehen.

Mephistopheles *(beiseite)* Hier muss was her, den Geist ihm aufzuheitern!

Er geht ab und kehrt zurück mit Höllengeistern, die Faustus mit Kronen und reichen Gewändern begaben, einen Tanz aufführen und dann verschwinden.

Faustus Sag, Mephistopheles, was meint der Reigen?

Mephistopheles Nur, dass ich, dein Gemüt, Faust, zu entzücken, dir zeige, was Magie zuwege bringt.

was meint der Reigen? **was bedeutet der Tanz?**

Faustus Doch ich, kann ich, wenn ich will, solche Geister zitieren?

zitieren **hier: herbeirufen**

Mephistopheles Sicher, Faust, und Größres tun!

Faustus Das wiegt wohl tausend Seelen reichlich auf. Hier, Mephistopheles, empfang den Schein, mit dem ich Leib und Seel' euch übereigne, doch ist Bedingung, dass auch deinesteils du alle Punkte des Vertrags erfüllst.

Mephistopheles Fauste, ich schwöre bei Luzifer und Hölle, dass ich des gegenseitigen Pakts Versprechen genau erfülle.

Faustus Höre mich sie lesen!

»Unter den folgenden Bedingungen:

Erstens, dass Faustus die Möglichkeit hat, nach Form und Substanz ein Geist zu sein,

zweitens, dass Mephistopheles sein Diener wird und ihm immer zu Gebote steht,

drittens, das Mephistopheles alles für ihn tut und ihm verschafft, was auch immer er wünscht,

viertens, dass Mephistopheles *unsichtbar* in seinem Zimmer oder Hause weilt,

fünftens und letztens, dass er dem oben genannten Johannes Faustus zu jeder Stunde und in jeder von

M

diesem gewünschten Form oder Gestalt erscheint, verpflichte ich, Doktor Johannes Faustus von Wittenberg, mich hiermit, meinen Leib sowohl wie meine Seele Luzifern, dem Fürsten von Aufgang, und seinem Diener Mephistopheles zu Eigen zu geben, und spreche ihnen, wenn vierundzwanzig Jahre verflossen – und während dieser Zeit die Artikel des Paktes genau eingehalten worden sind, volle Gewalt zu, den besagten Faustus, seinen Leib, Seele, Fleisch und Blut und alle Güter zu holen oder fortschleppen zu lassen in ihre Behausung, wo und welcher Art sie auch sein mag.

Johannes Faustus
manu propria.«

manu propria
eigenhändig

Titelbild zu Ch. Marlowe: Die tragische Historie vom Doktor Faustus

Kurt Scheidig

Doktor Fausts Höllenfahrt 1971

M

Paul Maar und Christian Schidlowsky haben sich besonders gut an eine Stelle aus dem Puppenspiel vom Doktor Faust erinnert, in der Kaspar auftritt. Du kannst die Szene hier in einer typischen Fassung nachlesen:

11. Szene

Kaspar, tritt nach kurzer Pause auf.

Kaspar Ja, wo mag denn der Herr Fäustling stecken?
Im ganzen Haus kann ich niemand entdecken.
Der Wagner, der hat noch wollen studieren.
Ich glaub fast, die beiden wolln mich vexieren. –
Und eben da war so ein lautes Getöse,
als spukte im Zimmer hier drinnen der Böse.
Mein Seel, ich sterb bald vor Langerweilen –
ich glaub, da studier i auch noch a paar Zeilen
in meines Herrn Faustus sein Zauberbuch,
da steht wohl noch mancher ergötzliche Spruch.
(Schlägt das auf dem Tisch liegende Buch auf)
No freilich, da steht ja gleich obenan
so was Feines: »Wie – man – Teu-fel beschwören – kann!«
(Nimmt das Buch auf, gerät in den Kreis, Donner)
Nanu? Was soll denn der Lärm bedeuten?
Ich glaub, ich mach mich davon beizeiten!
(Sieht den Kreis, der am Boden liegt)
Schau, da hat ein Schneider sein Maß verloren.
(Hebt sich den Kreis über den Kopf, die Teufel erscheinen mit Getöse.)

vexieren **irreführen**

Kreis **magischer Kreis; vergleiche auch das Bild auf Seite 112**

Lauswenzel schlechten Menschen

12. Szene

Kaspar, mehrere Teufel.

Kaspar Alle Wetter, jetzt krachts, jetzt bin i verloren.
Was wolln die von mir, die schwarzen Lauswenzel?
Und alle haben hinten ein Schwänzel!
Ihr seids ja wie Kohlenbrenner voll Ruß,
dass man sich beinah vor euch fürchten muss.
(Die Teufel nähern sich Kaspar bedrohlich.)
Was wollts ihr von mir, was soll denn das heißen?

Die Teufel Komm raus aus dem Kreis, wir wolln dich zerreißen!

Kaspar *(ängstlich)* Ihr wollts mich zerreißen?

Die Teufel In tausend Stücke!

Kaspar Da bleibt ja kein ganzer Fetzen zurücke.
Doch warum fressts ihr mich nicht zum Beweis?

Die Teufel Wir können nicht hinein in den Kreis!

Kaspar Ihr könnts nicht herein und ich kann nicht heraus!
Da sitz ich halt wie 'ne gefangene Maus. – –
Geht brav jetzt ins Bett! – Mir ist ängstlich im Bauch!

Die Teufel Bleibst du in dem Kreise, so bleiben wir auch!
(Hocken sich um ihn herum)

Kaspar Nun bleiben die Satans auch! Ksch – –, wollt ihr weg!

Die Teufel Wir werden hier warten!

Kaspar Nein, das ist ein Dreck!
Doch halt, da las ich ein kräftiges Sprüchel
in meines Herrn Faust seinem Zauberbüchel,
wobei alle Teufel sofort verschwinden. –
Oh, hoffentlich kann ich das Sprüchel finden. –
Wenn ich mich nur grad drauf besinnen könnt. –

'S war so was mit Per– –, und mit – –licke am End. –
»Perlicke«!
(Die Teufel verschwinden, Kaspar lacht herzlich.)
Na seht ihr, das war das Rechte!
Und das andere, das sie zurücke brächte?
Ich glaub, das andere hieß »Perlocke!«
(Die Teufel tauchen wieder auf.)

Kaspar *(lacht sie aus)* Hei, fasst mich geschwind nur bei meinem Rocke!
(rasch hintereinander) Perlicke – Perlocke,
Perlicke – Per – Per
(Die Teufel wissen nicht, was sie machen sollen.)
Perlocke – Perlicke, *(lacht)* bald könnt ihr nicht mehr!
Perlocke – Perlicke! Nun lassts mich in Ruh!
Mich zu fressen, da gehört mehr dazu!
(Steigt wieder aus dem Kreis)

Kasperlepuppe, aus einem Münchner Theaterzettel von 1785

Arbeitsanregungen

1. Die Auszüge aus dem Volksbuch von Johann Spies und dem Theaterstück von Christopher Marlowe geben dir einen Einblick in die literarische Tradition des Faust und seines Pakts mit dem Teufel. Im Detail unterscheiden sich diese Darstellungen. Notiere Gemeinsamkeiten und Unterschiede und vergleiche anschließend mit den entsprechenden Szenen in »F.A.U.S.T.« (S. 35–39).

2. Vergleiche die Szenen auf Seite 113–115 mit denen auf den Seiten 35–37. Um den Witz der Kaspar-Szene richtig zu verstehen, ist es hilfreich, wenn du mit einem Sitznachbarn/einer Sitznachbarin die Szene mit verteilten Rollen laut liest oder durchspielst.

3. Die bekannteste Faust-Dichtung stammt von einem sehr berühmten deutschen Dichter: Johann Wolfgang von Goethe. Vielleicht interessiert dich, wie er die Szene mit dem Teufelspakt gestaltete? Dann besorge dir sein Buch »Faust. Der Tragödie erster Teil«.

4. Wähle mit einem Partner eine Szene aus »F.A.U.S.T.«. Malt die Umrisse der Figuren und Gegenstände, die für die Szene wichtig sind, und schneidet sie anschließend aus. Bringt nun die von euch gewählte Szene am Overhead-Projektor zur Aufführung, indem ihr die Papierschnitte auf die Projektionsfläche des Gerätes legt und sie passend zu den von euch gesprochenen Dialogen bewegt.

Wirkung und mediale Gestaltung

M

Heike Döhn

Strahlendes Vorbild mit wüsten Träumen ____ 2003

Im Stile einer Moritat erzählt das Stück vom Bettlerjungen Johann Faust, der wegen seiner Begabung und seiner Wissbegier den Aufstieg zum Gelehrten schafft, der aber immer wieder zurückgeworfen wird durch die Intrigen seines Erzfeindes, des Junkers Rufus. Zwei Dinge lassen sich aus der Geschichte ziehen: dass lernen eine tolle Sache ist, und dass man sich nicht der Rache verschreiben soll. Den Kindern im Publikum dürfte es seltsam in den Ohren geklungen haben, wenn Gretchen Faust neiderfüllt und ungläubig fragt: »Du darfst in die Schule gehen?« Dass Schule ein Weg sein kann, Ziele zu erreichen, die eigene Situation zu verbessern, vermittelt das Stück ohne erhobenen Zeigefinger. Und wie wenig der Rachedurst Glück verheißt, konnte das Publikum in Faustens Traumsequenz erleben, in der man sehen konnte, wohin der Pakt mit dem Teufel den Doktor Faustus hätte treiben können.

M

Katharina Erlenwein

Die Mär vom Wunderdoktor Faust ——— 1999

Was Paul Maar und Christian Schidlowsky aus dem allseits bekannten »Faust« gezaubert haben, ist eine schöne Mischung aus wahrer Begebenheit und überbordender Fantasie. Die Wahrheit reicht gerade so weit, dass die Geschichte ihren spannenden Lauf nehmen und Faust vom Bettelknaben zum angesehenen Wunderdoktor aufsteigen kann. Die Fantasie reicht für wunderbare Kostüme [...] und genial-einfache Regieeinfälle:

Die fangen bei so simplen Ideen an wie der Schlägerei zwischen Rufus und Faust, die pantomimisch »auf Distanz« stattfindet, und reichen bis zu eindrucksvoll inszenierten Bildern wie dem von der Universitätsprüfung des Studiosus Faust, bei der die Professoren mit riesigen weißen Faltkrägen in respektheischender Dreiecks-Formation über dem Geschehen thronen. Das Mobiliar besteht aus den fünf riesigen Buchstaben »F.A.U.S.T.«, die sich zu Brunnen, Bücherregalen oder einem Wagen verwandeln lassen. Den Teufelspakt, ohne den eben kein »Faust« zu denken ist, lassen die Autoren ihre Hauptfigur träumen – das ermöglicht zwei albernde Unter-Teufel, im dehnbaren Zwillingskostüm untrennbar vereint, einen »Mephist« mit nervösen Zuckungen bei heiligen Wörtern und einen Teufels-Flug unter wehendem blauem Tuch. Herzöge und Könige, denen der träumende Faust als Berater dient, treten als witzige Pappkameraden auf. [...]

»Eine gute Geschichte, oder?«, meint Gretchen zum Johannes. In der witzig-geistreichen und frenetisch bejubelten Pfütze-Version auf jeden Fall.

respektheischender Anerkennung fordernder

Mobiliar hier: die Gegenstände auf der Bühne

frenetisch stürmisch

Szenenfotos aus der Aufführung des Theaters »Pfütze« 1999

M

Paul Maar

Verschiedene Medien für Literatur — 2003

Die folgenden Fragen und Antworten stammen aus einem Interview, das Andrea Huber mit Paul Maar führte und das am 29. November 2003 in der Zeitung »Die Welt« erschien.

Huber: Lässt sich nur noch über die multimediale Vermarktung Interesse für das Buch selbst erzeugen?

Maar: Höre ich aus Ihrer Frage eine leise Missbilligung heraus? »Vermarktung« ist ja eher negativ besetzt. Ich sehe das unter anderem Blickwinkel. Ein Autor des 18. und 19. Jahrhunderts wie Goethe hatte die Wahl unter drei Möglichkeiten, sein Publikum zu erreichen. Er konnte ein Buch schreiben, ein Bühnenstück entwickeln oder ein Libretto verfassen. Für den Autor des 20. Jahrhunderts haben sich die Möglichkeiten erweitert.

Libretto Text für eine Oper oder ein Singspiel

Huber: Was reizt den Schriftsteller, mit Hörspielen oder CD-ROMs zu experimentieren?

Maar: Ich bin in der glücklichen Lage, im Hörspiel zusätzlich zur Sprache mit Klängen, Geräuschen, Stimmen und Hallräumen experimentieren zu können, beim Film denke ich mehr in Bildern und Bildfolgen als in Dialogsätzen, bei der CD-ROM schließlich trete ich in Interaktion mit deren zukünftigen Benutzern. Jede dieser Möglichkeiten sich auszudrücken empfinde ich als reizvoll. Eine Beschränkung […] nur auf das Buch erscheint mir genauso wenig plausibel, wie wenn ich mich […] auf ein einziges Thema beschränken

Interaktion Austausch

müsste, etwa darauf, ausschließlich Pferdebücher für zwölfjährige Mädchen zu schreiben.

Huber: Nach einer neuen Verbraucheranalyse geben nur noch 47 Prozent der deutschen Teenager an, gerne Bücher zu lesen. Vor acht Jahren lag die Zahl bei 60 Prozent. Kann man die Abwärtsbewegung stoppen?

Maar: Ja, die so genannte Teenagerzeit entwickelt sich immer mehr zu einer Latenzzeit, was das Lesen von Büchern anbelangt. Junge Erwachsene ab 20 lesen dann wieder mehr. Die von Ihnen angeführte Erhebung bezieht sich allerdings nur aufs Buch. Bei einer Umfrage in Finnland unter Jugendlichen ergab sich, dass 70 Prozent der Befragten nahezu ausschließlich, aber regelmäßig Jugendzeitschriften lesen. Und Finnland nimmt ja, wie die PISA-Studie ausweist, den vordersten Platz ein, was das Leseverständnis von Jugendlichen anbelangt. […]

Latenzzeit hier: Ruhephase

Huber: »Keiner weiß, wie ich heiß, furchtbar dumm, steht ihr rum«, reimt das Sams, das überhaupt ein ziemlich gewitzter Dichter ist. Kann man mit Lyrik junge Leser ködern?

Maar: Ich bekomme viele Briefe von Kindern, und in den meisten erzählen sie mir, dass ihnen besonders die Reime gefallen. Kinder haben eine große Affinität zu Reimen, Alliterationen, zu gebundener Sprache. Wenn ich lese, dass man in vorschriftlichen Zeiten die Mythen und Überlieferungen einer Gemeinschaft fast immer in gebundener Sprache weitergegeben hat, drängt sich mir die Vermutung auf, dass dieses Erbe bei den Kindern vielleicht immer noch nachwirkt.

eine große Affinität zu etwas haben hier: etwas sehr gerne mögen

Alliteration Gleichheit des Anfangsbuchstabens mehrerer Wörter

gebundene Sprache hier: Reime

M

»F.A.U.S.T.« als Hörbuch

Die Schauspieler des Kinder- und Jugendtheaters »Pfütze« in Nürnberg haben 2005 als Ergänzung zu der Textausgabe, die du in Händen hältst, eine Hörbuch-Version des Stücks »F.A.U.S.T.« erstellt. Hierzu haben die Schauspieler ihre Rollen auf Band gesprochen. Paul Maar selbst hat die Regieanweisungen für die Aufnahme vorgelesen, damit sich die Zuhörer später, auch ohne Bilder auf einer Bühne zu sehen, in der Geschichte gut zurechtfinden können. Nach den Aufnahmen werden die einzelnen Tonspuren am Computer bearbeitet und an den richtigen Stellen die Musik eingesetzt. Auf den Fotos kannst du erkennen, wie die Schauspieler sich in ihre Rollen hineinversetzen, um ihren Stimmen den richtigen Tonfall und Klang zu geben.

Paul Maar

Christopher Gottwald
als Auerhahn

Regina Oßwald
als Mephist

Gerhard Grell an der Technik

Arbeitsanregungen

1. Schreibe eine Rezension über »F.A.U.S.T.« für eure Schülerzeitung.

2. Die Szenenfotos aus der F.A.U.S.T.-Aufführung am Stadttheater Fürth (S. 119) haben keine Beschriftung. Kannst du erkennen, welche Szenen aus dem Stück dargestellt sind?

3. In der Rezension von Heike Döhn über eine F.A.U.S.T.-Aufführung in Marburg findest du einige Aussagen darüber, worum es in dem Stück geht und was man aus ihm lernen kann. Wie beurteilst du diese Deutungsansätze?

4. Wie könnte die Geschichte von Faust weitergehen? Schreibe eine Fortsetzung in Form einer weiteren Theaterszene.

5. Verfasse mit ein, zwei oder drei Mitschüler(inne)n ein Hörspiel zu einer Szene des Theaterstücks, die euch besonders gut gefallen hat.

Textquellen

Alchimie. Aus: Brockhaus multimedial 2004. © Bibliografisches Institut & F. A. Brockhaus AG, 2004.
Christian Schidlowsky. Biografie. Originalbeitrag.
Döhn, Heike: Strahlendes Vorbild mit wüsten Träumen. Aus: Marburger Neue Zeitung vom 15. 3. 2003.
Erasmus von Rotterdam: Menschen müssen gebildet werden. Aus: Horst Schiffler/Rolf Winkeler: Tausend Jahre Schule. Stuttgart/Zürich: Belser Verlag. 5. Aufl. 1998. S. 54.
Erlenwein, Katharina: Die Mär vom Wunderdoktor Faust. Aus: Nürnberger Nachrichten vom 14. 6. 1999.
Frederking, Volker: F.A.U.S.T. – ein Theaterstück. Originalbeitrag.
Kinder- und Jugendtheater. Aus: Der Literatur Brockhaus. © Bibliografisches Institut F. A. Brockhaus AG, Mannheim 1995. S. 397 f.
Krommer, Axel: Sprache im Wandel der Zeiten. Originalbeitrag.
Krommer, Axel: Fragen an einen Faust-Experten. Originalbeitrag.
Lempin, Rebekka: Brief an den Mann. Aus: Brockhaus multimedial 2004. © Bibliografisches Institut & F. A. Brockhaus AG, 2004.
Maar, Paul: Zur Entstehung von F.A.U.S.T.; Vom Entwurf zur Endfassung. Aus: http://www.deutsch-digital.de/daten/literaturimnetz/40.3.doc.
Maar, Paul: Verschiedene Medien für Literatur. Aus: Die Welt vom 29. 11. 2003.
Marlowe, Christopher: Die tragische Historie vom Doktor Faustus. Aus: Ch. M.: Die tragische Historie vom Doktor Faustus. Hrsg. von A. Seebass. Stuttgart: Reclam 1977.
Müller, Werner/*Janner,* Christine: Eine kleine Einführung in die Zeit Fausts; Faust: mit dem Teufel im Bunde?; Der Arzt auf Reisen; Kräuterweib oder Hexe?; Schulwesen zur Zeit Fausts. Aus: Paul Maar/Christian Schidlowsky: F.A.U.S.T. Programmheft zur Aufführung des Theaters Pfütze im Stadttheater Fürth. O.O. 1999. S. 9; 11; 12 f.; 15; 17; 20 f.
Paracelsus: Die Natur als Lehrmeisterin des Arztes. Aus: Paracelsus: Das Buch der Paradigmen. Zit. nach: Philosophie der Renaissance. Reinbek bei Hamburg: Rowohlt Verlag. 8. Aufl. 1982. S. 216.
Paul Maar. Biografie. Originalbeitrag.
Rex, Thomas: Interview mit Paul Maar. Aus: http://www.br-online.de/alpha/forum/vor9802/19980223_i.shtml.
Rex, Thomas: Interview mit Christian Schidlowsky. Aus: http://www.br-online.de/alpha/forum/vor9802/19980223_i.shtml.
Scheidig, Kurt: Doktor Fausts Höllenfahrt. Das Puppenspiel von Doktor Faust. Stuttgart: Karl Theens 1971.
Spies, Johann: Historia von D. Johann Fausten. Hrsg. von Richard Benz. Stuttgart: Reclam 1986.

Sprenger, Jakob/*Institoris,* Heinrich: Malleus Maleficarum. Der Hexenhammer (Auszüge). © area Verlag, Erftstadt 2004. S. 60, 344, 348, 398.
Stadt Wien: Schulordnung für die Stadtschule St. Stephan. Aus: Horst Schiffler/Rolf Winkeler: Tausend Jahre Schule. Stuttgart/Zürich: Belser Verlag. 5. Aufl. 1998. S. 42.
Teufel. Aus: © Brockhaus multimedial 2004. © Bibliografisches Institut & F. A. Brockhaus AG, 2004.
Trithemius, Johann: Brief an Johann Virdung. Aus: Günther Mahal: Faust. Der Mann aus Knittlingen. 1480–1980. o. J. S. 15 f.

Bildquellen

Seite 64: Paul Maar. © Verlag Friedrich Oetinger.
Seite 66 li.: Cover zu: Paul Maar: Eine Woche voller Samstage. © Verlag Friedrich Oetinger.
Seite 66 re.: Cover zu: Paul Maar: Das kleine Känguru und seine Freunde. © Verlag Friedrich Oetinger.
Seite 69: Christian Schidlowsky. © Christian Schidlowsky.
Seite 87: Johannes Trithemius. © Diözesanarchiv Würzburg. Aus: Klaus Arnold: Johannes Trithemius (1462–1516). Würzburg: Ferdinand Schöningh 1971. 2. Aufl. 1991. S. 319.
Seite 90: Die Teufel freuen sich, den Menschen zu verführen. Druck von 1472. Sarnen, Heimatmuseum.
Seite 93: Alchimistisches Laboratorium. Kupferstich von Hans Vredemann de Vries. Aus: Günther Mahal: Faust. Und Faust. Tübingen: Attempo Verlag 1997. S. 63.
Seite 95: Paracelsus. akg-images.
Seite 100: Hexenverbrennung. Aus: Susan Greenwood: Hexen im Mittelalter. Edition XXL 2003.
Seite 102: Schule im Mittelalter. akg-images.
Seite 112: Titelillustration zu: Ch. Marlowe: The Tragicall History of the Life and Death of Doctor Faustus. Aus: Günther Mahal: Faust-Museum Knittlingen. Braunschweig: Westermann 1984. S. 52.
Seite 115: Kasperlepuppe. Aus: Doktor Johann Faust. Puppenspiel. Hrsg. von Günther Mahal. Stuttgart: Reclam 1991. S. 95.
Seite 119: Szenenfotos aus der F.A.U.S.T.-Aufführung des Theaters Pfütze im Stadttheater Fürth 1999. Fotos: Brigitte Sauer.
Seite 122 f.: Aufnahmen während der Einspielung des Hörbuchs »F.A.U.S.T.« 2005. © Theater Pfütze, Nürnberg.

Anmerkungen

S. 8

Mephist (eigentlich Mephistopheles) Ein Name für den Teufel, der sich wahrscheinlich aus den hebräischen Wörtern »mephiz« (Zerstörer, Verderber) und »tophel« (Lügner) ableitet.

Vitzliputzli, Auerhahn Die Namen der Unterteufel Vitzliputzli und Auerhahn stammen aus dem Puppenspiel »Historia von Johann Fausten, dem weitbeschreyten Ertzzauberer und Schwarzkünstler«, das bereits Johann Wolfgang von Goethe als Kind in Frankfurt sah.

S. 9

Kräuterweib Eine heilkundige Frau, die im Mittelalter vor allem für arme, auf dem Land lebende Menschen oft den teuren, nur in der Stadt verfügbaren Arzt ersetzte und die häufig in den Verdacht geriet, eine Hexe zu sein.

S. 10

Alchimist Die Alchimisten hatten sich zur Aufgabe gestellt, die verborgenen Kräfte der Natur zu erforschen. Sie glaubten z. B. daran, dass man unedle Metalle (z. B. Blei) in Gold verwandeln kann und sie waren auf der Suche nach dem geheimnisvollen »Stein der Weisen«, dem sie u. a. die Fähigkeiten zusprachen, Krankheiten zu heilen und den Tod zu besiegen. Die Alchimie gilt als eine Vorstufe unserer heutigen Chemie.

S. 13

Weil deine Ahne es mit dem Teufel treibt ... Dem Volksglauben nach standen die Hexen nicht nur mit dem Teufel im Bunde, sondern hatten sogar Geschlechtsverkehr mit ihm.

S. 17

Lateinschule Höhere Schule, die im Mittelalter in den Städten aus Kloster- und Domschulen hervorgegangen ist und in der man hauptsächlich Latein lernte. Im Laufe des 19. Jahrhunderts entwickelte sich aus den Lateinschulen das heutige Gymnasium.

S. 18

Pferdefuß ... nach Schwefel gestunken Dem Volksglauben nach besitzt der Teufel u. a. einen Pferdefuß und er stinkt nach Schwefel, sodass man ihn bereits am Geruch erkennen kann.

S. 21

Eselsohren In der Schule wurden Schüler(innen) früher häufig dadurch bestraft, dass sie sich eine Kappe mit Eselsohren aufsetzen mussten, sodass jeder sofort sehen konnte, dass sie eine Dummheit begangen hatten.

S. 30

Astrologia Die Astrologie befasst sich mit den magischen und verborgenen Kräften der Planeten und Sterne. Astrologen untersuchen insbesondere den Einfluss, den die Sterne ihres Erachtens auf unser Leben nehmen. In so genannten Horoskopen versuchen sie zum Beispiel zu erklären, wie sich die Anordnung der Sterne am Tag der Geburt eines Menschen auf dessen Schicksal auswirken wird.

Gesetzt den ... DEKAN: Gesetzt den Fall, dass Merkur im vierten Haus wohnt und der Mond sich mit dem Schützen im siebten Haus verbindet, wo kann der Herr Student dann folglich den ...

ALLE PROFESSOREN: ... Sonnenaufgang vorhersagen?

FAUST: Ganz gleich, ob Merkur im vierten, fünften oder sechsten Haus wohnt, ob der Mond sich mit dem Schützen oder dem Wassermann verbindet, ja selbst die Jungfrau mit dem Steinbock, der Sonnenaufgang wird immer im Osten zu finden sein und nie im Westen.

S. 36

Perlicke – Perlacke Eine Zauberformel (vergleichbar mit »Hokus Pokus Simsalabim«), die aus dem Puppenspiel »Doktor Johannes Faust« von Karl Simrock stammt.

S. 76

Laterna Magica Lat. »Zauberlaterne«. Ein einfacher Apparat mit einer Linse und einer Öllampe, mit dessen Hilfe man gemalte Bilder an die Wand werfen konnte. Die Laterna Magica wurde 1646 zum ersten Mal beschrieben. Der historische Faust kann sie daher nicht gekannt haben.